紅學六十年

潘重規著

三民叢刊 15

三民書局印行

紅學論集序

一百年前，我國大詩人駐日使館參贊黃遵憲先生對日本漢學家說：「《紅樓夢》乃開天闢地，從古到今第一部好小說，當與日月爭光，萬古不磨者。恨貴邦人不通中語，不能盡得其妙也。論其文章，宜與左、國、史、漢並妙。」這一番話，在今天似乎可獲得全世界文人學者的首肯。我有一位朋友，四十年前，在外交界服務，和歐美人士一次聚談中，有人提議舉出心目中認爲最好的一部文學作品，結果得票最多的竟是中國的《紅樓夢》。這雖然是一時遊戲，未必便成定論，但由此可見《紅樓夢》是多麼受中外人士的愛好，它吸引讀者的力量又是何等鉅大！

在我記憶中，進入中學時，我已經成了一個紅迷。腦海中終日盤旋著林黛玉和賈寶玉的倩影，恰如棋迷腦海中充滿了黑子白子一般。那時不但不曾問曹雪芹是什麼人，根本也不理會作者是什麼人。我只覺得這部小說具備一種吸力，它把我整個心靈都攝收到作品的一字一句當中。因此，一卷《紅樓夢》常常會逗得我廢寢忘餐，不忍釋手。看到傷心處，便覺滿紙閃爍著晶瑩的淚珠；看到歡愉時，便覺眼前展開溫馨的笑靨。遇到動人心魂的字句，咀嚼玩味，有時十天半月都不能放下。眞正像香菱學詩的時候說的：「念在嘴裏，倒像有幾千斤重的一個橄欖似的！」試問，幾千斤重的橄欖，這一輩子如何能咀嚼消受得盡呢？而且我每次讀《紅樓夢》，總覺得作者有一段奇苦鬱結的至情，乍吞乍吐，欲說還休。他口口聲聲說：「曾歷過一番夢幻之後，故將眞事隱去。」又說：「只按自己的事體情理。……其間離合悲歡，興衰際遇，俱是按迹循踪，不敢稍加穿鑿，至失其眞。」但讀遍了全部《紅樓夢》，提到年月朝代處，從沒有大清字樣。甚至歷敍古今人物時，說什麼「近日之倪雲林、唐伯虎、祝枝山」（第二回），簡直像是明朝人的口吻，令人與「不知有清」之感。作者寫作的時代，爲什麼要藏頭露尾，閃閃爍爍；既不在書中說明，又不在書外標出呢？這是我沈醉於《紅樓夢》之後，帶來了這類不少的困擾，眞有「羣疑滿腹，衆難塞胸」之概。到了民國十三年，遊學南京，這時値蔡元培、胡適兩先生紅學論戰之後，得讀蔡先生的《石頭記索隱》、胡先生的〈紅樓夢考證〉。知道蔡先生的主張是：

> 《石頭記》者，康熙朝政治小說也。作者持民族主義甚摯，書中本事，在弔明之亡，揭清之失，而尤於漢族名士仕清者，寓痛惜之意。

林〈歙王君墓誌銘〉云：「王君以崇禎十四年卒，後三年國變，王君之子璣流寓於吳，又一年而不孝始識王生，因以知王生之人與其世德之概。與王生交一年，而王生以狀請銘，不孝以母未葬，弗敢作也。又一年，卜葬，葬有日，而王生復來請銘，不孝不獲辭而銘之。」像這一類屬辭的方法，皆因作者苦心隱痛，務屏夷清的僞曆，不得干華夏的正統。這使我觸悟到《紅樓夢》作者不肯寫明著書的朝代，正和亡國遺民抱著同樣的情懷。我看了許多南明野史和文字獄檔案，又發現清初這一段時期，無論是文人學者，江湖豪俠，凡屬反抗異族的志士，都是利用「隱語式」的工具在異族控制下秘密活動。清文字獄的檔案中，有一件是劉墉搜出丹徒生員殷寶山的詩文，乾隆的上諭說：「至閱其內〈記夢〉一篇有云：『若姓氏、物之紅色者是。夫色之紅非姓之紅也，紅乃朱也』等語，顯係指稱勝國之姓，故爲徽國之語以混之，尤屬狡詭！該犯自高曾以來，即爲本朝臣民，食毛踐土，乃敢繫懷故國，其心實屬叛逆，罪不容誅。」看了這段話，使我聯想起《紅樓夢》第五回，警幻仙曲演紅樓夢；第五十二回，眞眞國女子「昨夢朱樓夢，今宵水國吟」的詩句，對照起來，分明是把紅字代替朱字，這是不是「繫懷故國，其心叛逆」呢？明崇禎殉國後，號稱易堂九子的魏禧諸人，選擇了江西寧都縣的翠微峯，做他們革命的根據地。他們讀書講習的場所，號稱爲易堂。《說文》解古文「易」字是日月相合，日月相合便是「明」。彭躬庵的《易堂記》說：「丁亥，合坐讀史，爲筆記。爲詩，詩一遵正韻。是冬，諸子言易，卜得離之乾，遂名易堂。……山居屋有五，易堂爲公堂，左右室並列。」這段話用隱語說明「易堂」即是明代的朝廷。因爲《易經》離卦是光明的象徵，它的象辭說：「離，麗也。日月麗乎天，重明以麗乎正。」象辭又說：「明兩作離，大人以繼明照于四方。」「重明」、「繼明」即是「復明」的意義。他們以「易堂爲公堂」，公堂卽是朝廷的意思，也算是他們革命政府的象徵。易堂諸子作詩用正韻，正韻乃是明太祖敕撰的《洪武正韻》，作詩用明韻，正是他們反抗清朝的表示。乾隆十八年又曾經發生一樁怪案，一個名叫丁文彬的，自稱皇帝，忽然要傳位與曲阜衍聖公，文字獄檔案留有他造曆書的口供單說：「小子只有一個人著書抄寫，因上帝命我趕修這《洪範春秋》，故此不能再有工夫造這新書了。直到卽位六年上才造起的，只造得三年，並沒隱藏別處，那大夏是小子國號，天元是年號，小子因做得一無好處，去年因請命了上帝，把天元改作昭武，傳位與小聖公的。既有年號，就寫欽定了。至於書面上寫大夏大明，那是取明明德的意思，大夏是取行夏之時的意思。」看了這段供詞，又觸發我對《紅樓夢》的疑問。《紅樓夢》第十九回，作者從寶玉口中發出一番議論說，除明明德無書，以寶玉的爲人，他最欣賞的書應該是《西廂記》、《牡丹亭》，爲什麼最崇拜的會是《大學》？就算是最崇拜《大學》了，爲什麼不說「除《大學》外無書」，而偏要說「除明明德外無書」！這會不會是丁文彬所說「大明取明明德的意思」的革命術語呢?我在未了解《紅樓夢》運用隱語涵義以前，我對於《紅樓夢》的文辭意義，發現許多疑問和矛盾，等到了解隱語涵義以後，便發現《紅樓夢》作者確是「持民族主義甚摯」，對於胡先生的說法，反而覺得觸處難通。我的看法，簡括來說，賈寶玉是代表傳國璽，代表政權，林黛玉影射明朝，薛寶釵影射清室。林薛爭取寶玉，卽是明清爭取政權，林薛的得失，卽是明清的興亡。賈府指斥僞朝，賈政指斥僞政。所以我的結論是:《紅樓夢》確是一部運用隱語抒寫亡國隱痛的隱書。作者的意志是反清復明。書中對賈府施以無情的攻擊，罵他們爬灰養小叔，卽是攻擊文太后下嫁皇叔多爾袞的醜行。我們試想，以一個倫理觀念極重的中華民族，把統治我們的清帝的禽獸穢行揭發出來，此一宣傳，激起反清的力量該多麼大!作者又在書中反覆指點眞假，旣有賈(假)寶玉，又有甄(眞)寶玉，眞假兩寶玉，面目雖是一般，但政權在本族手裏就是眞，政權在異族手裏便是假。因此清朝是僞，明朝就是眞。眞的必然會復興，僞的注定要失敗。寶玉說「除明明德無書」，這是作者嚴正的表示，明朝纔是正統。能明瞭明朝之德，便不可出仕僞朝。所以他極力抨擊讀書求官的是國賊祿蠹(第十九回、第卅六回)。有人說解釋寶玉爲傳國璽是穿鑿附會，其實不然。我們細看作者穿穿揷揷，隱隱約約的告訴讀者，石頭就是寶玉，寶玉就是傳國璽。他首先在第一回敍述靑埂峯一塊石頭，鍛鍊通靈，「須得再鐫上幾個字，便是件奇物。」因爲印璽是必須有文字的。又從甄士隱夢中，指出這石頭原來是塊美玉。第八回更從寶釵的口中眼中詳細描寫這塊美玉，形體大小和《三國志・孫堅傳注》中所載漢傳國璽相同。玉上「莫失莫忘，仙壽恆昌」的刻字，更是漢傳國璽「受命於天，既壽永昌」的翻版。爲了印璽必須用硃，所以作者的靈心，便憑空揑造出今古無雙的愛紅之癖來。書中第九回、十九回、廿一回、廿三回、廿四回，頻頻提及寶玉愛喫胭脂，原來是從玉璽要印硃泥設想出來的。至於胭脂作何形狀呢？試看平兒到怡紅院化妝時，見到的胭脂，卻是一個小小的白玉盒子，「裏面盛著一盒如玫瑰膏子一樣。」這又是作者暗示胭脂即是印泥。試想，一塊玉石鐫上傳國璽的文字印上硃泥，這不是明白告訴讀者，寶玉就是傳國璽嗎？

以上這一派見解，蟠踞我胸中，直到民國四十年，來臺灣師範學院任教，那年五月間，在戴靜山教授家，和董同龢、陳致平諸先生閒談，偶然提到我對《紅樓夢》這番看法。沒料到隔不幾天，臺灣大學中文系學生會羅錦堂會長，奉董同龢教授之命，來到我的宿舍，邀我五月廿二日去臺大作一次學術演講，指定要我講對《紅樓夢》的看法。那次講題我定爲「民族血淚鑄成的《紅樓夢》」（講詞在《反攻雜誌》發表）。我認爲《紅樓夢》原作者不是曹雪芹，全書不是曹雪芹的自敍傳，後四十回也不是高鶚僞作。這是胡先生考證《紅樓夢》三十年後，第一次有人否定他全部的學說。果然，經過不久，胡先生在《反攻雜誌》第四十六期刊出了〈對潘夏先生論紅樓夢的一封信〉認爲我「還是索隱式的看法」，「還是笨猜謎的方法」，「全不相信辛苦證明的《紅樓夢》版本之學」，「全不接受三十年前指出的作者自敍的歷史看法」。我爲了答覆胡先生，曾讀遍胡先生研究《紅樓夢》的全部著作，也曾深切反省研究《紅樓夢》的方法。我在答覆胡先生的文章中（也在《反攻雜誌》發表），再度提出證據，證明胡先生的錯誤。並寫下了這麼一段話：「我很感謝胡先生，他指示愛讀《紅樓夢》的人說：『我們只須根據可靠的版本與可靠的材料，考定這書的著者是誰，著者的事蹟家世，著書的時代，這書曾有何種本子，這些本子的來歷爲何。這些問題乃是《紅樓夢》考證的正當範圍。』我覺得，除了胡先生所說之外，我們還須熟讀深思，涵泳全書描寫的內容和結構；我們還須高瞻遠矚，洞觀整個時代和文學傳統的歷史背景，庶幾能體會到《紅樓夢》作者的苦心，纔不致抹殺這一段民族精神的眞面目！」

爲了要明白《紅樓夢》的眞相，三十多年來，我努力搜羅《紅樓夢》的版本和資料。在香港新亞書院，創設「《紅樓夢》研究」課程，刊行《紅樓夢研究雜誌》。又受好奇心的驅使，一九七三年的秋天，在巴黎東方學大會閉幕之後，曾經闖入蘇聯列寧格勒東方研究所（簡稱東方院），披閱所藏舊抄本《紅樓夢》。東方院孟西科夫教授說我是從外國來看這個抄本的第一個中國人，並且認爲我研判的結論，糾正了他們鑑定的偏差。作爲一個中國人，我覺得是不虛此行的。這個抄本，淪落在異域一百六十年，初次見到探訪它的本國讀者，眞忍不住要相對嗚咽了。近二十多年來，不斷有新版本、新材料發現，我也和海內外紅學家，如俞平伯、周汝昌、吳恩裕、吳世昌、趙岡、馮其庸、余英時諸先生不斷的有辯詰討論的文章。總結來說，一切新版本、新材料的發現，不但不曾動搖我基本的看法，反更增強我確認的信念。我現在還要重覆我在《紅樓夢新解》所說的話：「假如我們看清楚這書的時代背景，鑑定這是一部民族搏鬥下的產物，熟識黑暗時代大衆默認的革命術語，我們再細讀此書時，耳中便彷彿聽見民族志士的呼號，眼中便彷彿看見民族志士的血淚。至於《紅樓夢》在文學上的成就，無疑的，它已經在競走場中奪得了錦標。如果事後發現這個奪錦標的選手，並非和同伴同樣的空著手競走，而且還揹著一個極沈重的包袱，我們對這個任重致遠的選手，除了驚訝他超羣絕倫，越發加深崇敬外，還有什麼可說呢！」愛國史學家連雅堂先生告訴我們：「臺灣民間風俗，農曆三月十九日是太陽節，家家戶戶點燈，意思是追求光明，就是要永久勿忘明朝的『明』字，這一天原是崇禎皇帝殉國的日子，也可當作一個民族紀念節。」看清楚了臺灣的革命史實，了解了臺灣曾遭受異族宰割，太陽節的「燈」，確實是照亮了無比的民族精神，蘊含了無限的民族血淚。假如忽略了臺灣太陽節的背景，不也同樣會遭人詬誶，變成《紅樓夢》索隱派的笨猜謎嗎？

幾十年來，我從《紅樓夢》一書中所窺見的中華民族精神的光芒，一直閃爍在我心中。我不敢說我的知見是眞知灼見，但在沒有證據證明我的錯誤時，我也不敢放棄我所看見的民族精神。因此，幾十年來，和胡適之先生以及紅學專家，發生了無數次的論辯，著眼都在保衞這段民族精神上。論辯的文字，已結集的有《紅樓夢新解》、《紅樓夢新辨》、《紅學六十年》三書。還有歷年來未加結集的論文，散見海內外報章雜誌。門人友好頗以散佚爲憾，並慫恿搜集成册。適三民書局董事長劉振強先生重視學術，願爲出版流通。因將《紅樓夢新解》、《紅樓夢新辨》、《紅學六十年》三書重加校正。又結集歷年來論文爲《紅學論集》一册，合併付印。我有幸得此機會向海內外讀者傾吐我的心聲，在此，我竭誠渴望能得到解開我七十年來疑結的指敎！

潘重規

紅學六十年 目次

紅學六十年

研究《紅樓夢》已經成爲一門學問，而且「紅學」這一名詞，也已取得海內外學術界的承認，似乎不須在此多加解說了。

民國五十五年，我在香港曾作一次講演，講題是「紅學五十年」。我認爲自從民國六年，蔡元培先生刊行了《石頭記索隱》一書，引起和胡適之先生的論戰。胡先生寫的〈紅樓夢考證〉，的確和清儒治經方法非常相似。而且經論戰以後，引起全世界學人的重視。因此不斷的蒐求新資料，發掘新問題，造成了紅學輝煌的時代。所以我認爲眞正的紅學，應該從蔡胡兩先生開始。我講「紅學五十年」，即在說明自民國六年至民國五十五年整整五十年的紅學發展，同時也提出了我個人發展紅學的計畫。今天我的講題是「紅學六十年」，意思著重在續講近十年紅學的發展。不過講述近十年紅學之前，似乎有簡單補敍前一段時期的必要。

我們知道蔡胡論戰的時期，蔡先生是北京大學的校長，胡先生是北京大學的教授，都是受國際學術界重視的人物。因此，這次論戰特別轟動。論戰的結果，胡先生的主張，可以說得到了壓倒的勝利。簡單說來，蔡先生認爲《紅樓夢》作者持民族主義甚摯，書中本事，在弔明之亡，揭清之失。書中人物，多影射漢族仕清名士。胡先生則認爲《紅樓夢》是作者曹雪芹的自敍傳。他指斥蔡氏考定劉姥姥是湯潛庵一類的詰難，痛快淋漓，使蔡先生無詞以對，他又考得曹雪芹的家世，發現脂評《紅樓夢》抄本，故斷定前八十回的作者是曹雪芹，後四十回是高鶚所僞造。胡先生認爲這是歷史考證方法的成功，因此博得一般學者的信從。魯氏的《小說史略》，以及日本歐美甚至整個世界談《紅樓夢》的人士，全都採用了胡先生的學說。民國四十六年，我參加在西德舉行的漢學會議，當我發表對《紅樓夢》作者的意見時，一位外國教授卽起立發言，認爲胡先生的說法已成定論，不容再加批評。可見這幾十年來，說得上是定於一尊的「胡適時代」。但在民國四十年，我對胡先生學說提出懷疑，可能是胡先生學說受到搖撼的開始。過去蔡元培容庚雖然提出異議，但經胡先生反駁後，便聲氣消沈。而我提出的問題，胡先生卻始終未能答復。在那年的五月廿二日，臺大中文系學會邀我作一次紅學演講，我提出了我的具體意見。簡單說來，胡先生重要的主張有三點：

一、《紅樓夢》前八十回的作者是曹雪芹；

二、《紅樓夢》後四十回是高鶚所僞造；

三、《紅樓夢》是作者隱去眞事的自敍傳，書中甄賈兩寶玉，卽是曹雪芹的化身，甄賈兩府卽是當日曹家的影子。

在舉世風從胡先生說法的時期，我對於胡先生的說法卻不敢輕信。第一，我認爲《紅樓夢》是曹雪芹自敍傳的說法，與《紅樓夢》內容不合。試看《紅樓夢》全書，一方面對賈府的描寫，着意舖排成帝王的氣派，如秦可卿的出喪（第十三回），史太君的做壽（第七十一回），這在曹家如何附會得上！另一方面，《紅樓夢》的作者對於賈府的惡意仇視，時時流露於字裏行間，焦大、柳湘蓮的當面明駡，尤三姐託夢時的從旁控訴（庚辰、戚本第六十九回），在在都表現作者對賈府的痛恨。如果作者是曹雪芹，他爲什麼要詆毀他列祖列宗如此不堪呢？可見自敍傳的說法是不能成立的。第二，胡先生認爲後四十回是高鶚僞造，他的考證說：「程序說先得二十餘卷，後又在鼓擔上得十餘卷，此話便是作僞的鐵證，因爲世間沒有這樣奇巧的事！」照胡先生的說法，世間奇巧的事便是作僞的鐵證，這是根本不合邏輯的推論。我曾經舉出曾國藩莫友芝翻刻胡克家本通鑑一樁事實。當他們開工之後，聽說胡刻板片還在鄱陽，就把它買來，只存前二百零七卷，缺了後面八十餘卷，天下事可也眞巧，他們書局刻的板片，剛剛從最末一卷，倒刻上來，又剛剛刻到缺板爲止，恰恰對頭，混然相接。世間居然有「世間沒有這樣奇巧的事」！胡先生爲什麼硬要說「到了乾隆五十六年至五十七年之間，高鶚和程偉元串通起來，把高鶚續作的四十回同曹雪芹的原本八十回合併起來，用活字排成一本，又加上一篇序，說是幾年之中蒐集起來的原書全稿」呢！（語見胡氏〈重印乾隆壬子本紅樓夢序〉）所以從證據和邏輯上，我認爲對「高鶚僞作」的判案是不能成立的。當年胡先生和許多學術界的朋友對我紛紛指斥，但是我反求諸心，並沒有絲毫動搖。我只是心口相語，要解決此一問題，必須在八十回抄本新材料之外，再發現百二十回抄本，才有解決的希望。此一希望，期之十年百年，能否及身見到，眞是渺茫得很。不料在十年前，也卽是我和胡先生辯論的十年後，新發現的「乾隆抄本百二十回紅樓夢稿」，竟得影印面世。根據這一部重要的新材料，胡先生「高鶚僞造」的說法非修正不可。第三，《紅樓夢》是什麼人作的？一直是一個猜不透的謎。早期留下的抄本，沒有一部署名是曹雪芹作的。最初刊印《紅樓夢》的高鶚、程小泉，他們在序言中，只說：「《石頭記》是此書原名，作者相傳不一，究未知出自何人，惟書中記雪芹曹先生刪改數過。」以高程與雪芹時地之近，只說是「究未知出自何人」，可見此書作者諱莫如深，才會有此現象發生。胡先生發現了庚辰本後寫的跋文（胡適近著第一集）說：

此本有一處註語最可證明曹雪芹是無疑的《紅樓夢》的作者。第五十二回末頁寫晴雯補裘時：「只聽自鳴鐘已敲了四下」。下有雙行小註云：「按四下乃寅正初刻。寅此樣寫法，避諱也。」雪芹是曹寅的孫子，所以避諱「寅」字。此註各本皆已刪去，賴有此本獨存，使我們知道此書作者確是曹寅的孫子。

胡先生舉出了曹雪芹作《紅樓夢》的鐵證。但庚辰本第廿六回，薛蟠對寶玉說看見一張落款「庚黃」的好畫時，卻把寅字又寫又說，又是手犯，又是嘴犯。如果說避諱的寫法，作者便是曹雪芹；那不避諱的寫法，作者就斷不是曹雪芹了。現在流行的坊本《紅樓夢》署名曹雪芹、高鶚爲作者，這是書店後加的，原始的《紅樓夢》是沒有作者的署名的。

現在要談到我個人的觀點了。我認爲《紅樓夢》作者所處的時代，是漢族受制於滿清的時代，一班經過亡國慘痛的文人，懷着反清復明的意志，在異族統治之下，禁網重重，文字之獄，敎人悲憤塡膺，透不過氣來。作者懷抱着無限苦心，無窮熱淚，憑空構造一部言情小說，借兒女深情，寫成一部用隱語寓亡國隱痛的隱書，保存民族興亡的史實，傳達民族蘊積的沈哀，想衝破查禁焚坑的網羅，告訴失去自由的並世異時的無數同胞，指示他們趨向自救的光明大道。作者處在異族嚴密監視之下，眞事尚要隱去，眞姓名自然不敢暴露了，這便是《紅樓夢》究不知何人所作的原因。他既不能明說，又不甘心不說；他所說的既怕人知道，又怕人不知道，所以要巧妙地運用隱語來表達隱事。我們發現隱語涵義以後，便發現《紅樓夢》的原作者不可能是旗人曹雪芹。我提出前面許多詰難，胡先生都未作答。只是後來胡先生自美回國見面時，胡先生說：「旅居國外，缺乏新材料，暫時不能答覆。」這是胡先生學說接受了嚴格的批判和懷疑的開始。

在這以後，和胡先生同時同調的俞平伯先生仍留在北平，除發表一些零星紅學文字外，曾將他早年出版的《紅樓夢辨》，修訂成《紅樓夢研究》一書，於民國四十一年出版。他又在民國四十三年，完成了《脂硯齋紅樓夢輯評》一書。對於研究脂評的讀者，是有其一定的貢獻。還有周汝昌，在民國四十二年，出版了《紅樓夢新證》一書，蒐集有關曹雪芹的資料非常豐富。其他如吳恩裕的《有關曹雪芹八種》、《有關曹雪芹十種》，都是着眼在有關曹氏的文獻。林語堂先生，在民國四十七年，發表了〈平心論高鶚〉一文，除了承認《紅樓夢》是曹雪芹的自敍傳外，他分析脂評及文章的內容，得到後四十回是高鶚據曹雪芹的遺稿而補訂的結論。此外，民國五十年，在英國牛津大學的吳世昌，用英文寫成《紅樓夢探源》(*On the Red Chamber Dream*)一書，外國學者讀《紅樓夢》的頗受此書的影響。在此同時，流通的《紅樓夢》資料也着實不少。除民國元年上海有正書局石印的戚蓼生序本外，有民國四十四年影印的乾隆庚辰脂評本；民國五十年，有胡適之先生影印所藏的甲戌本；民國五十一年，有大陸影印的「乾隆抄本百廿回紅樓夢稿」，臺北韓鏡塘先生影印的乾隆壬子年木活字排印本《紅樓夢》。還有啓功的注釋本，俞平伯的八十回校本。以至周春《閱紅樓夢隨筆》、裕瑞《棗窗閒筆》、敦誠的《四松堂集》、敦敏的《懋齋詩鈔》、明義的《綠煙瑣窗集》、張宜泉的《春柳堂詩稿》，也都紛紛影印流通，這些全是發源於蔡胡論戰衝激的力量，滙成的浩浩長流，確實供給了研究紅學的人士不少的資料。

我在「紅學五十年」的演講中，回顧過去，瞻望未來，提出了我的願望。我呼籲愛好《紅樓夢》的人士，無論他對《紅樓夢》看法如何，必須設法豐富《紅樓夢》本書及有關的資料。要儘量流通所有的資料，要盡力整理所有的資料，要好好利用所有的資料。我建議做幾件具體的工作：第一，影印已發現的資料；第二，整理已流通的資料。整理資料，是運用的準備，是研究工作的奠基。眼前應該着手的工作，有(1)各脂評本和程甲程乙本的校勘；(2)各脂評本評語的收集和校訂；(3)書中人名物名等等的索引；(4)各種參考資料的索引和提要；(5)有關《紅樓夢》研究問題叢書的結集等項。末了，我提出胡適之先生指示研究《紅樓夢》的方法說：「我們只須根據可靠的版本與可靠的材料，考定這書的著者是誰，著者的事蹟家世，著書的時代，這書曾有何種不同的本子，這些本子的來歷如何，這些問題乃是《紅樓夢》考證的正當範圍。」我覺得，除胡先生所說之外，我們還須熟讀深思，涵泳全書描寫的內容和結構技巧；我們還須高瞻遠矚，洞觀整個時代和文學傳統的歷史背景。庶幾能體會到

《紅樓夢》作者的苦心，認清紅樓夢的眞面目。

以上簡述「紅學五十年」的大概，現在應該敍述最近七、八年來紅學發展的情況了。當我演講「紅學五十年」的那年，我在香港新亞書院中文系開設了一門「紅樓夢研究」的選修課程，成立了「紅樓夢研究」小組。創刊《紅樓夢研究專刊》，把研究講習所得發表出來，求正海內外的通人。六、七年來，前後舉辦了《紅樓夢》研究展覽三次，出版了《紅樓夢研究專刊》十輯。在這不長不短的時間裏，組員寫成專書的，有陳慶浩的《紅樓夢脂評的研究》、葉玉樹的《吳世昌紅樓夢探源譯評》、郭美玲的《紅樓夢詩詞曲與人物之研究》等。還有小組組員合編的研究資料索引多種，如〈紅樓夢俗話初探〉、〈紅樓夢詩輯校〉、〈紅樓夢詩話〉、〈紅樓夢聯語、詞、曲、雜文輯校〉、〈紅樓夢謎語輯校〉、〈略論紅樓夢的謎語〉、《新編紅樓夢脂硯齋評語輯校》；其中由組員陳慶浩主編的《新編脂評輯校》，已由「紅樓夢研究小組」和巴黎第七大學東亞教研中心聯合出版。還有各脂評本和程乙本的校勘工作，也進行了一部份。在展覽期間，方豪教授、周策縱教授曾蒞臨演講，對小組的工作，頗承獎許。其他各地專家，如美國的趙岡、李田意、柳無忌諸教授，日本的橋川時雄、神田喜一郎、伊藤漱平諸教授，澳洲的柳存仁、李克曼諸教授，在香港的蔣彝、宋淇諸教授都給予我們非常多的贊助和鼓勵。近七、八年來，我又利用寒暑假，一度在韓國、美國、列寧格勒，數度在日本、巴黎、倫敦、意大利，一方面向學者請教，一方面注意新發現的材料。因此對今日全世界紅學的發展，有一概略的認識，我願意藉今天的機會，向各位作一簡單的報告，並請指教。

首先說到《紅樓夢》的譯本。周汝昌《紅樓夢新證》著錄了英文七種、德文一種。一粟《紅樓夢書錄》著錄了英文六種、德文法文各一種，另有蒙文、錫伯文、日文共五種。吳世昌《紅樓夢的西文譯本和論文》列舉了英譯本七種、俄譯本二種、德譯本三種、法譯本四種、意譯本一種，共計十七種。他說：「到目前爲止，在西文中此書的全譯本只有俄文。英文譯本現在流行的有三種，都是節譯。法文有了全譯，但尚未出版。」據我近年接觸，知道英文已有彭壽先生（Mr. Bonsall）的全譯本。民國五十六年，我前往倫敦，曾在他的郊居晤談，他將譯文全稿兩篋出示。他從七十歲起，用坊間翻印的程甲本，每日翻譯三小時，頭尾十年，到八十歲，才把一百二十回書譯完。他去世後，他的兒子在美國接洽將譯稿出版。還有牛津大學霍克思教授（Prof. David Hawkes）爲了要翻譯《紅樓夢》，自動提早退休。今年初，我在巴黎看到他的英譯本第一册，大約全書卽將譯完。日文方面，《紅樓夢書錄》出版後，有民國四十九年平凡社刊行的伊藤漱平的全譯本。民國五十年，有松枝茂夫的節譯本。民國五十八年，伊藤漱平又修訂他的舊譯本，仍由平凡社出版。韓國由於傳統學風，小說方面，顯得較冷落，不過，也還是有節譯本。吳世昌報導的法文全譯本，近年來經李治華先生修訂整理，不久也將出版。民國五十八年九月，我在意大利聖尼格里亞（Senigalia）出席國際漢學會議，曾會見馬西博士（Dr. Masi Edoerda），據她說，本來是意大利文全譯本，爲了將就出版商，內容頗有刪節。俄文方面，由巴那札克（UAHACFOK）和孟西科夫（Menshikov）合譯的《紅樓夢》，一九五八年，蘇聯國立文學出版社出版。據孟西科夫教授說，全書無省略，韻文部份，是由他執筆的。

再談到全世界各地紅學研究的情況，可以說相當蓬勃。日本方面，各大學開設《紅樓夢》課程的，東京二松學舍大學有橋川時雄教授，東京大學有藤堂明保教授，京都大學有清水茂教授，大阪市立大學有伊藤漱平教授（現轉任北海道大學教授）。其他如東京都立大學的松枝茂夫教授、慶應義塾大學的松村暎教授、神戶市外國語大學的太田辰夫教授、天理大學的塚本照和教授，都發表了很多論文。美國方面，威士康辛大學的周策縱教授、趙岡教授，俄亥俄大學的李田意教授，哥倫比亞大學的夏志清教授，他們對於《紅樓夢》都有深刻的研究。趙岡教授和他的夫人陳鍾毅女士除發表了許多論文外，民國五十九年，在香港文藝書屋還印行了《紅樓夢新探》一書，網羅近年紅學論著甚爲豐富。還有許多美國學人用英文寫成專書或論文的也頗不少。中華民國方面：方豪教授發表了〈從紅樓夢所說西洋物品考故事的背景〉一篇大作（載民國五十八年《史學集刊》第一期）。其他著作有墨人的〈紅樓夢的寫作技巧〉、梅苑的〈紅樓夢的重要女性〉、蘇雪林的〈試看紅樓夢的眞面目〉、林語堂的〈平心論高鶚〉、李君俠的〈紅樓夢人物介紹〉、杜世傑的〈悲金悼玉的紅樓夢〉、吳靈鈞的〈試論紅樓夢〉、幼獅書店編的《紅樓夢研究論文集》。由於去國甚久，恐怕還很有遺漏。大陸方面最値得注意的一樁事，是去年二月，傳出曹雪芹遺著發現的消息。這次發現的材料，一部份是曹雪芹的佚著《廢藝齋集稿》的大概內容，另一部份包括集稿中《南鷂北鳶考工志》的彩繪風箏圖譜摹本、紮繪風箏的歌訣、《考工志》的自序、董邦達爲《考工志》寫的一篇序言、曹雪芹一首自題畫石詩，以及敦敏的〈瓶湖懋齋記盛〉。這些材料都是曹雪芹逝世二百多年來首次的發現。根據手稿抄存人的追憶說：抗日戰爭時期，大約在民國卅二年，抄存人在北平的北華美術學院讀書，習繪畫和雕塑。當時有個日本籍敎師高見嘉十，頗意和他合作編印一部風箏譜，並由抄存者到各圖書館訪借這一類書籍。不久，高見從日本商人金田氏借到一部曹雪芹的《廢藝齋集稿》，他們不知道曹雪芹的遺著流傳極少，並未注意。只把其中關於風箏的部份，描摹下來，其餘的幾種，都忽略過去了。那個商人金田氏很看重集稿，當他們描摹其中講風箏的部份時，每天親自把書送來，坐待描摹到一定時間，又拿回去。進行了一個多月，工作完成。到民國卅四年，日本投降，金田氏杳無消息，這部孤樓夢》之抄本。清高宗御製詩嘗刻六集，此抄本係用第四集及第五集之書葉拆開，就襯紙上抄寫。案乾隆御製詩第四集刻於乾隆四十八年癸卯（一七八三），第五集刻於乾隆六十年乙卯（一七九五）。此抄本共八十回，三十五冊，內缺第五、第六二回。係帕夫露·庫連濟夫（Pavel Kurliandtsev）於道光十二年（一八三二）由北京攜返俄國。庫氏於距此兩年之前往北京，在俄國希臘正教教會學習漢文，因病返俄。將攜回的抄本《紅樓夢》，留存在外交部亞洲圖書館，後卽移交列寧格勒分院圖書館。我仔細觀察此抄本，是用竹紙墨筆抄寫的，紙質很薄，並非御製詩集的襯紙。原抄本久經翻閱，每葉中縫均已離披裂開，很不便翻揭，因此必須重加裝釘。重裝時，偏用當朝皇帝的御製詩集反摺起來做襯紙，這眞是犯下了藐視朝廷的大罪。現在檢閱每葉裂開的中縫，它的邊緣都粘貼在襯紙上，翻揭起來，便和新書同樣方便。此一事實和抄寫的時期有密切的關係。因爲抄本如用御製詩襯葉做稿紙，則抄寫時期必不能在乾隆六十年（一七九五，御製詩五集印成的時間）以前，當然也不會在道光十二年（一八三二，庫連濟夫帶抄本回俄的時間）以後。現在判明此一事實，知道此抄本在乾隆六十年至道光十二年（一七九五——一八三二）期間，曾經重加裝釘。我和孟西科夫敎授論及此一問題，孟氏完全同意我的看法。至於抄寫時間，因無題署，自然無法指出它的確鑿年份。此抄本有很多重要的特點，例如第七十九回和第八十回，連接一氣，尚未分開，比我們愚見，他是陽，我們是陰，怕他也無益於我們。」都判道：「放屁！俗話說得好，『天下官管天下民』，陰陽並無二理。別管他陰，也別管他陽，沒有錯了的！」衆鬼聽說，只得將他魂放回，哼了一聲，微閉雙目，見寶玉在側，乃勉強歎道：「怎麼不早來，再遲一步，也不能見了！」

這都判所說「天下官管天下民」，正是「王者官天下」的意思。寶玉是什麼官？曹雪芹又是什麼官？作者爲什麼要把風流瀟灑，不知權力爲何物的男主角，描寫成被鬼判聽見了都害怕得魂不附體的人物。這從任何角度來講，都是文章的敗筆。所以脂硯的評語說：「愈不通愈妙」。「愈不通」倒是的評；如果作者沒有特殊的用意，「愈妙」二字便成爲盲目恭維古人的評語了。我們檢閱甲戌、庚辰、有正各抄本，都有「天下官管天下民」一段話，而程高刻本卻把它刪去。我們站在文學批評的立場來說，究竟是《紅樓夢》原作者對呢？還是程高刪改得對？可見作品的主題沒有認清，批評者也失去了衡量的依據。當初蔡胡爭論，正是要辨明《紅樓夢》的主題。六十年來，多少學者耗費心力，蒐求新材料，找尋新證據，無非是要辨清《紅樓夢》一書寫作的主題。六十年的時間不算短，雖未能完全達到目的，然而收穫的成果，也不能算太少。今年一月份香港《中華月報》，曾發表美國俄亥俄大學陳炳良教授〈近年的紅學述評〉一文。陳先生敍述近年紅學，分爲索隱派的舊紅學、考證派的新紅學和文學評論派的紅學，對近年紅學的發展，有相當詳細的評介。宋淇先生在〈新紅學的發展方向〉一文中也說：

面對着內在的問題和外在的壓力，當前正是一個檢討新紅學發展方向的時機。這可分三方面來講：

第一，在上述幾個問題沒有解決之前，考據的工作勢必繼續進行。除非有新的資料和證據出現，這方面目前似乎很難有重大的突破。考據對文學史和作者身世的研究當然非常重要，但並不能代替，也不應代替文學批評。

第二，版本、校勘和資料的整理還是重要的一環。兪平伯的《脂硯齋紅樓夢輯評》和以有正本作底本的《紅樓夢》八十回校本是極重要的貢獻。可是前者新版出版於一九六〇年，本身並不完備，後者出版於一九五八年。在目前看來，應該容納新的資料和用新發現的版本加以增訂和修正。有價值的版本應該加以翻印，廣爲流傳。有詳細註解的普及版也應該出版，以代替坊間的劣本。至於各種索引和工具書也應該陸續出版，作爲研究《紅樓夢》的基本工具。莎士比亞的劇本好版本不知有多少種，各有其長處，對有志研究莎士比亞作品的學生眞是莫大的方便。有關莎氏作品的各種詞典（如專門名詞讀音詞典）和工具書（如莎士比亞之文法）更令人羨慕萬分，新紅學也應該照這個方向走。

最後，也可以說是最重要的，就是用文學批評和比較文學的觀點來研究和分析《紅樓夢》。這並不是說文學批評是今後新紅學研究所應採取的唯一方向，因爲壞的文學批評比考據和資料的整理更不着邊際。

我們盱衡紅學發展的趨勢，必須要在蔡胡二先生討論的主題，繼續的追求它的正確答案。同時由於世宙相依，交通便利，科學家掌握了費長房的縮地法，使得四海猶如一家。外國人愛好中國文學的越來越多，中國人研究外國文學的也越來越深入，互相觀摩，互相比較，這是自然發展的趨勢。不過，比較批評乃是知己知彼的融通綜合。如果有一方了解不夠精確，則不但失去比較的意義，更產生錯誤的批評。因此我要重複提出我的願望，我們要設法豐富《紅樓夢》本書及有關的資料，要儘量流通所有的資料，要盡力整理所有的資料，要好好利用所有的資料。我希望短期內能編印《紅樓夢》研究叢書，出版重要資料，作好紅學奠基的工作，使得新紅學在紅學六十年代中有飛躍的進展！

讀列寧格勒《紅樓夢》抄本記

蘇聯亞洲人民研究院列寧格勒分院（Leningrad Branch of the Institute of the People of Asia）所藏抄本《紅樓夢》，是近年紅學界最渴望一見的新材料，也是海內外期待公開傳播的新材料。此一抄本之評介，最早見於一九六四年莫斯科出版《亞非人民》雜誌 *DARODYAZII I AFRIKI* 第五期，頁一一一至一一八所刊載孟西科夫 L. N. Menshikov 及李福親 B. L. Riftin 兩氏所合撰之〈新發現的石頭記抄本〉（Neizuestniyi spisok romana Son v krasnom tereme）一文。該文分兩大部份：第一部份敍蘇聯各圖書館所藏《紅樓夢》之各種版本，及蘇聯學者對此書素感濃厚之興趣；第二部份即報導此一新發現抄本之概況。據孟西科夫教授面告筆者，第一部份爲李福親氏手筆，第二部份則成於孟氏。第一部份除述蘇聯學者對《紅樓夢》之研究外，並將列寧格勒大學圖書館、莫斯科列寧圖書館、利加 Riga 大學圖書館、莫斯科漢學圖書館、亞洲人民研究院列寧格勒分院圖書館所藏

《紅樓夢》各種版本列舉出來。第二部份則描寫此抄本之外形及內容，實爲該文最重要部份。一九六五年，有日本小野理子女士譯文，載於大阪市立大學文學部中國學研究室所編之《清末文學言語研究會會報》（油印本）第七號。此抄本除京都大學小川環樹教授曾在《大安》（書店刊物）稍加論列外，惟澳洲柳存仁教授，於一九七二年將該文重要部份用中文譯出，並加評述❶。茲撮取柳氏譯文及孟氏面告，說明此抄本之概況。

一、抄本流入俄國經過

此抄本共八十回，三十五册，係帕夫露·庫連濟夫 Pavel Kurliandtsov 於一八三二年（道光十二年）由北京攜返俄國者。庫氏於距此兩年之前赴北京，在俄國希臘正教會學習漢文，故此抄本被帶到俄國之來源，不難探明。抄本到俄國後，卽保存在現稱亞洲人民研究院列寧格勒分院。（據孟氏稱：庫氏帶回《紅樓夢》，留存於外交部圖書館，後卽移交列寧格勒分院圖書館。）

---

❶ 柳存仁〈讀紅樓夢研究專刊第一至第八輯〉，《紅樓夢研究專刊》第十輯，一九七三年七月，香港中文大學新亞書院《紅樓夢》研究小組出版。

二、抄寫所用紙張

據撰文者之描述，此一抄本係抄在若干「清高宗御製詩」原有各葉間之襯紙上者。御製詩每面九行，每行十七字，但每兩面皆夾有空白襯紙，抄《紅樓夢》者卽利用該項襯紙爲稿紙，而反以御製詩襯此《紅樓夢》之抄本。清高宗（乾隆）之御製詩嘗刻六集，前四集有提要，在《四庫總目》卷一七三。此抄本係用第四集及第五集之書葉拆開，就襯紙上抄寫者。案乾隆御製詩第四集刻於四十八年癸卯（一七八三），第五集刻於乾隆六十年乙卯（一七九五）。癸卯適爲所謂脂評甲辰本之前一年，乙卯已在程甲本風行後三年。

三、抄本册數回數頁數之統計

「此抄本並無書前題頁，似可懷疑或有包括序引、目錄之第一册業已遺失。每面之頁碼亦不見。每册所包回數及該回頁數（見括弧內數字）紀錄如下：第一册，第一回（52），第二回（42）；第二册，第三回（60），第四回（40）；第三册，第七回（49），第八回（43）；第四册，第九回（35），第十回㉞，第十一回㊴；第五册，第十二回㉗，第十三回㉟，第十四回㊲；第六册，第十五回㉞，第十六回㊾；第七册，第十七回㊿，第十八回(56)；第八册，第十九回(61)，第二十回㉟；第九册，第二十一回㊳，第二十二回㊷；第十册，第二十三回㊲，第二十四回(54)；第十一册，第二十五回(54)，第二十六回㊻；第十二册，第二十七回㊸，第二十八回(63)；第十三册，第二十九回(56)，第三十回㊳；第十四册，第三十一回㊼，第三十二回㊴；第十五册，第三十三回㉜，第三十四回㊽；第十六册，第三十五回(52)，第三十六回㊺；第十七册，第三十七回(60)，第三十八回㊳；第十八册，第三十九回㊷，第四十回(60)；第十九册，第四十一回㉝，第四十二回㊳；第二十册，第四十三回㉞，第四十四回㉝，第四十五回㊴；第二十一册，第四十六回(54)，第四十七回㊽；第二十二册，第四十八回㊹，第四十九回㊵；第二十三册，第五十回㊸，第五十一回㊱，第五十二回(52)；第二十四册，第五十三回(54)，第五十四回(54)；第二十五册，第五十五回(51)，第五十六回(58)；第二十六册，第五十七回(56)，第五十八回㊻，第五十九回㉝；第二十七册，第六十回㊽，第六十一回㉟；第二十八册，第六十二回(62)，第六十三回(52)；第二十九册，第六十四回(52)，第六十五回（pp. 1—6），第六十六回㉖；第三十册，第六十七回(68)，又第六十五回（pp. 7—33）；第三十一册，第六十八回㊶，第六十九回㊼，第七十回㉝，又第六十五回（p. 34）；第三十二册，第七十一回㊼，第七十二回㊳，

第七十三回㊴；第三十三冊，第七十四回(59)，第七十五回㊺；第三十四冊，第七十六回㊳，第七十七回㊴；第三十五冊，第七十八回(55)，第七十九回(61)。」（原文，頁一二四—五）

柳存仁教授評云❷：「此處孟、李兩氏論文之推測嫌全稿第一冊遺失者，或者未必。如兩氏文中下文所言，『此抄本第五回及第六回遺失，此兩回顯然係裝成一冊，應排在現存第二冊及第三冊之間。』（頁一二五）實較第一冊遺失之說爲合理也。此抄本第十七、第十八兩回僅有一共同回目，並未分開，然其當爲兩回，可自以後各回之數字見之，且中間亦有『再聽下回分解』可資分別。又此抄本之第七十九回實包括第八十回在內，其間並無分回之處。應爲七十九回之末之處並無『且聽下回分解』，而應爲下回開端處，亦無『話說……』字樣。原文頁一二五，註二十一云：『關於第七十九、八十回並無分回之事，迄今並未見其他紀錄……』，是又此抄本可記之一事。孟李兩氏復云：此抄本可稱爲現存唯一的在完整方面並不遜於一七六〇年抄本之一部書。」

四、抄寫人

---

❷同前，頁三五。

此一抄本之抄寫人，據孟、李兩氏所報告，共四人，俱無名氏。稿紙每半葉九行，行十六字至二十四字不等，視回數及抄寫人而異。此抄本之板式，兩氏之文更詳記之云：「每頁（卽每半葉）九行。第一至第四十回，第四十六至四十八回，第五十二至第五十六回，第五十八至六十回，係每行十六字，而正文爲 12.5×17cm。第四十一至第四十五回，第四十九至第五十一回，第五十七回，第六十一回至七十九回，則以抄寫人之字體稍小，每行爲二十字，而正文仍爲 12.5×17cm。四位抄寫人中之A君，寫字常超逾此限制，故每行可有十八至二十四字之上落，但其他三位則甚爲謹飭。抄本中改正之處甚多，尤以抄寫人B、D兩君爲甚，而A君所抄，則改正及加標記之處甚少。改正文字之處多數用墨筆，寫在被修改之一行右邊，然亦有用硃墨者（如第十回，頁二三及頁二五），有時抄寫者（B、C兩君常爲之，A、D兩君較少）用漿糊將誤書處重黏，而在貼補之處改書。貼補通常以二至四字爲多，有時（例如第四十六回，頁二三）全行貼去，在補紙上重書。」

五、抄本題署之書名

此抄本每回俱題「石頭記」之名。然第十回則作「紅樓夢」，而第九、十六、十九、三十九及四十回皆無題名，僅有回目。又除第十回外，如第六十三回，第六十四回，第七十二回，每回之末皆有「紅樓夢卷……回終」字樣。

六、抄本藏有人之簽名

此抄本第一葉之背，有庫連濟夫 P. Kurliandtsev 墨水淡褪之名字，並有兩字迹拙劣之漢字「洪」，其義不明。Kurliandtsev 卽前文所言自北京攜帶此抄本至俄國之人。孟李兩氏以爲此「洪」字係庫氏華名，恐實不然❸。重規案，據孟西科夫教授云：原論文指「洪」字乃庫氏自定之中國姓。俄國漢學家往往喜自定中國姓云。

七、抄本甚似脂評本

此抄本亦係評註本，從下文之描述觀之，甚似或甚近脂評諸本，頗值得有人作專門之比

❸ 同前，頁三七。

勘研究。孟李兩氏說明評語在本書中分布之情形如次：

第一回有三眉批及十四夾批；第二回有八眉批（重規案：余所見只有七眉批）及二十二夾批；第三回有四十七眉批及二十夾批（規案：余所見只十九夾批）；第四回有五眉批，六夾批及四雙行批；第七回有一雙行批；第八回有一眉批；第九回有一眉批；第十二回有一雙行批（規案：抄本正文作「比賈薔蓉兩個強遠了」，非雙行批）；第十六回有一眉批；第十七回有四夾批；第十八回有六眉批及十一雙行批（規案：只四雙行批）；第十九回有一眉批及三十四雙行批；第二十回有一雙行批；第二十二回有五眉批及四雙行批（規案：有五雙行批）；第二十三回有二眉批及一夾批（規案：無夾批）；第二十四回有三眉批；第二十五回有二眉批；第二十六回有二眉批；第二十八回有八眉批；第二十九回有三眉批；第三十回有三眉批；第三十四回有一雙行批；第三十六回有五夾批；第三十八回有五雙行批；第四十一回有一眉批；第四十二回有二眉批；第四十四回有二眉批；第四十九回有一雙行批；第五十回有二夾批及四雙行批（規案：僅有一雙行批；「得紅字」等三條，非雙行批）；第五十一回有二雙行批；第五十二回有二眉批；第五十三回有一眉批；第五十六回有一眉批；第六十一回有一眉批；第六十二回有二夾批；第七十四回有一雙行批；第七十六回有六雙行批（規案：有七雙行批）；第七十七回有一雙行批；第七十九回有十一雙行批。

除一般評註本所有之各項評語類別外，孟李兩氏文中又言此抄本有時批語混在正文之內，而於批語之前用方匡標出，批語之末加一「註」字（規案：原抄本係批語之首加一「註」字）。

此類情形，如第十六回、第六十三回及第七十五回皆有之。

八、與其他脂評本之比較

據孟、李兩氏敍述，用此一抄本前數回比較其他脂評諸抄本，抉其大凡如下：

（一）此抄本第一回之眉批不多。此本共三條，而他本有十三條（原註二十三：「見《脂硯齋紅樓夢輯評》，頁三九至五六」。）然此三條眉批，有二條所批文句，他本並無此批語。頁四五之眉批，詮釋好了歌，他本之評無及此歌者，僅評及爲此歌而作解說之各詩句（原註二十四：「前書，頁五三至五六」。）

（二）此抄本第一回有十四條夾批，他本僅一條（原註二十五：「前書，頁三四」。）

（三）以第三回之眉批與他本相比較，尤可看出此本之特點。他本所收共十五條（原註二十六：「前書，頁七四至九三」。）此本有四十三條。

（四）兩氏又言，我們此時無法報告此抄本與各本間之校勘異同，然即就上述各點，亦可說明此本與他本迥異。柳氏云❹：吾人既尚未讀原書，殊無以見此抄本文字及評註之處與

❹ 同前，頁三九。

他脂本之異同。然兩氏此文，實附書影數葉，其中四面（四半葉）蓋采自第三回者，每面皆有評句。欲嘗一臠，莫此爲要。玆將此數面有關評語部分，移錄於下：

第三回相當於甲戌本卷三，頁 39a 第三至第四行「一雙丹鳳三角眼」，此本夾批云「艷麗之極」。

第四行（亦甲戌本，下同）「體格風騷」，夾批「精神流露於動止之中，性情隱顯於言語之外。以聲寫色，以色寫神，無一不盡。」

第六行「賈母笑道」，眉批云「一見便笑」。

第九行「只見衆姊妹都忙告訴……」眉批云「半篇美人賦，妙妙。」

第十行「也曾見母親說過」，眉批作「璉（寫畢塗去）賈璉出自黛玉之母口中，奇文。」

甲戌本卷三，頁 39b 第六行「只可憐我這妹妹」。此本夾批云：「好弱。」眉批云：「熙鳳在賈、王面前大言大笑，更作其一段悲感形盼，邢、王夫人，李氏，姊妹均未嘗如是精神。老人寧不喜歡？」

第十行「忙轉悲爲喜」，夾批云：「何旋轉之速如是！」

第十一行「又是歡喜，又是傷心」，夾批云：「好收束。」

甲戌本卷三，頁 40a 第三至第四行「林姑娘的行李」，夾批云：「好細心一個當家人。」

眉批云：「黛玉到榮府良久，衆人未嘗想到諸事，獨熙鳳一人無想不到的地方，可見心細，而條理亦甚可觀。」

案，此蘇聯藏本孟李兩氏文中所供給之四面書影所見之批語，悉盡於此。核之他本脂評，竟無一相同。據上引兩氏文字，此本所收之評語，亦有他本已收者，然不見於他本之批實甚多，是謂此本收若干他本所不載之脂評，亦甚有可能。雖然，兩氏之文（頁一二八）謂此一抄本文字，經稍加核對，極與甲戌本相合，實不盡然。所言甲戌本固早，然所有僅十六回，破敝不完，此本乃八十回足本，當更可稱之語，似亦嫌推斷過早。例如兩氏所舉此本第一回，云自「說說笑笑」起至「變成一塊」止，他本文字此本無之，而易以「來至石下，席地坐而長談，只見一塊」十餘字，即此一例，已可證明此本有若干文字不同甲戌，此處亦其一也。若單據此一條觀察，此本此處之刪減（或他本之增添），至少頗同於有正（戚）本，此於甲戌本卷一頁 5b 此處胡適之先生親加眉批云「（來自峯下）以下四百二十四字，戚本作『席地而坐，長談，見』七個字」可證。然前引此本諸批，有正本亦不見之。故此本與有正本關係之問題仍不可輕易處斷也。

柳氏又云❺：然此書影數面，正文仍有可共甲戌、庚辰、及乾隆抄本百廿回紅樓夢稿

---

❺同前，頁四一

（前文所謂全抄本）互作校勘者，排比所獲……至少可得下列之意見：

(1)蘇聯藏抄本與「乾隆抄本百廿回紅樓夢稿」文句相同（而與他本或同或不同）者至少有十四例，甚至十五、十六例；

(2)此抄本與甲戌本相同（而與他本或同或不同）者約有十三例；

(3)此抄本與庚辰本相同（而與他本或同或不同）者約有十二例；

(4)此抄本與其他三抄本完全不同者，共三例；

(5)庚辰本與其他三抄本不同者，亦約得三例；

(6)全抄本與其他三抄本不同之處亦得三例；

(7)全抄本與庚辰本相同者，得七例。

據上端所統計，我們或可歸納而言此一抄本如不同於全抄本時，其文字多同於甲戌本或庚辰本；我們又可言甲戌本一般言之，其特點不似他本之多（此或因甲戌本早於他本，而常爲他本借重取資，亦未可知。）

然蘇聯藏抄本，亦有若干文字上之特點令人推測其來原可能甚早，例如：

(1)蘇聯本「帶幾個人來」（原語氣是問句）

甲戌本作「帶了幾個人來」（加了字而語氣相同）；

全抄本作「帶了幾個人來」；

庚辰本作「代了人來」（此句語意不清楚，可能爲人誤釋作「我帶了人來」，適與全段原意相反。）

(2)蘇抄本「黛玉雖不識，也曾見」

庚辰本作「黛玉雖沒見（原作「不知」塗改爲「沒見」），也曾聽見」；

甲戌本作「黛玉雖不識，也曾聽見」；

全抄本作「黛玉雖不識，也曾聽見」（三本皆可能有添字）

(3)蘇抄本「接他到咱們苑里住幾不好」

庚辰本作「把他叫在偺們園裏一處住豈不好」（「園」字原作「苑」，改成「園」字，「叫在」二字原稿係添入之小字）；

全抄本作「把他接到偺們院里一處住豈不好」（「院」字原亦作「苑」，改爲「院」字。「豈不是好」之「是」字亦係添增小字。就此一條文字言之，此句之寫成實有綜合其他二本文字之嫌，而「苑」字惟蘇抄本不改，亦一可注意之例也。）

如前所論，蘇聯所藏此一抄本可能對研究脂評或《紅樓夢》一般的問題關係頗大。

以上敍明蘇聯抄本的概況，以下就我閱讀此抄本後觀察所得的意見，逐項分述如下。

一、抄寫所用紙張的問題

據撰文者的描述，此抄本係用清高宗御製詩的襯葉作稿紙，而反以御製詩作此抄本的襯葉。我仔細觀察此抄本，是用竹紙墨筆抄寫的，紙質很薄，並非御製詩集的襯紙。想來原抄本久經閱讀，每葉中縫均已離披裂開，很不便翻揭，因此必須重加裝釘。重裝時，偏用當朝皇帝的御製詩集反摺起來做襯紙，這眞是犯下了藐視朝廷的滔天大罪。現在檢閱每葉裂開的中縫，它的邊緣都粘貼在襯紙上，翻揭起來，便和新書同樣方便。此一事實和抄寫時期有密切的關係。因爲抄本如用御製詩襯葉做稿紙，則抄寫時期必不能在乾隆六十年（一七九五，御製詩五集印成的時間）以前，當然也不會在道光十二年（一八三二，庫連濟夫帶抄本回俄的時間）以後。現在判明此一事實，知道此抄本在乾隆六十年至道光十二年（一七九五——一八三二）期間，曾經重加裝釘。至於抄寫時間，因無題署或鈐印年月，自然無法指出它的確鑿年份。我和孟西科夫教授論及此一問題，孟氏完全同意我的看法。孟氏並說，潘科夫B. I. Pankratov 教授曾指出此抄本並非用御製詩襯葉做稿紙，在一九六四年撰文時，僅將潘科夫教授意見採入附註中，現在應該加以修正。

二、脂評本確認的問題

據孟氏論文及柳存仁教授比較各本評語，雖然指出此本可能也是脂本。但柳氏校對四頁書影的批語，「核之他本脂評，竟無一相同。」故此本是否脂評本，實有待更明確的證據。現在就我見到的幾點事實，列舉如下，證明此抄本確是脂評本。

㈠雙行批與脂評本相同

我披閱孟氏論文中開列此抄本的評語，有眉批一百十一條，夾批八十二條，雙行批八十八條。經核對後，將近二百條的眉夾批，和脂評相同的竟沒有一條（眉夾批是何種性質的評語，當另爲文討論）；但雙行批幾乎全部與庚辰本相同。這是此抄本屬於脂評本的確證。查此抄本雙行批八十八條，經我核閱，有二十一條並非雙行批（例如第四回護官符四條，形似雙行批，實是正文。），第十九回漏算二條，第廿二回漏算一條，總共有雙行批七十條。這七十條雙行批只有三條是此本獨有的：

第七回：只見惜春正同水月菴，雙行批：卽饅頭菴。

第七十七回：索性如此也不過這樣了，雙行批：晴雯此舉勝襲人多矣，眞一字一哭也。

又何必魚水相得而後爲情哉！

第七十九回：便把金桂忘在腦後，雙行批：妙！所謂天理還報不爽。

其餘六十七條都與諸脂本全同或略同：

第十八回，有四條與庚辰、己卯、有正、甲辰同。

第十九回，有三十六條與庚辰、已卯、有正同。

第二十回，有一條與庚辰、己卯、有正略同。

第二十二回，有二條與庚辰、有正略同；有三條與庚辰、有正、甲辰略同。

第三十四回，有一條與庚辰、己卯、有正略同。

第四十九回，有一條與庚辰略同。

第五十回，有一條與庚辰全同。

第七十四回，有一條與庚辰略同。

第七十六回，有七條與庚辰同。

第七十九回，有十條與庚辰同。

概括說來，此抄本的雙行批，除三條獨有外，其餘六十七條全部和庚辰本共有，四十七條和有正本共有，四十二條和己卯本（只存四十回）共有，七條和甲辰本共有，可見此抄本和庚辰本特別接近。拿此抄本的雙行批，和庚辰本校對，此抄本多可訂正庚辰本的訛誤。如庚辰本：

第十九回：以賜賈政及各椒房等員。雙行批：「補還一句，細」，此抄本「還」作「這」。

第七十六回：半日方知賈母傷感，纔忙轉身陪笑發語解釋。雙行批：轉身妙畫出對呆不覺尊長在上之形景來月聽笛如痴如。

此本作「轉身妙，畫出對月吹笛如痴如呆，不覺尊長在上之形景矣。」

第八十回（此本第七十九回）：可爲奇怪之至。雙行批：別書中形容妬婦，必曰黃發黧面。

此抄本「發」作「髮」。

同前：我有眞藥，我還吃了作神仙呢！有眞的跑到這裏來混。雙行批：寓意深遠在此數目。

此抄本「目」作「語」。

同前：到沒的叫人看着趕勢利似的。雙行批：不通可笑，遁辭如開。

此抄本「開」作「聞」。

這一類的情況，證明此本的抄手，程度較高。像庚辰本「壬午」抄成「王文」（十五回），「著」字抄成「此皆」（七十七回）❻，在此抄本是不會出現的。

㈡雙行批較各本為少

此抄本的雙行批，遠較各本為少。第十八回，庚辰本有一百零五條（己卯一〇四，有正一〇三），此本只有四條；第十九回，庚辰本有一百八十四條（己卯一八五、有正一八六），此本只有三十六條；第二十回，庚辰本有十五條（己卯、有正同），此本只有一條；第二十二回，庚辰本有八十七條（有正八五），此本只有五條；第三十四回，庚辰本有一條（己卯、有正同），此本也有一條；第四十九回，庚辰本有七條，此本只有一條；第五十回，庚辰本有七條，此本只有一條；第七十四回，庚辰本有三十五條，此本只有一條；第七十六回，庚辰本有十六條，此本只有七條；第七十七回，庚辰本有十八條，此本只有一條；第七十九回、第八十回，庚辰本共有五十條，此本只有十一條。照一般批書的情況，先有正文，

---

❻ 同前，頁九。

然後纔有批語，初期的批語必然以眉批或行間夾批的形式出現。除非經過整理謄錄，方能將眉批夾批，改成雙行批注，繫於適當的正文之下。他們又可能在整理謄清的批本上再加批語，新的批語又以眉批、夾批的形式出現。如是再經整理，又將眉批夾批改成雙行批注。因此整理次數愈多，雙行批注的數量自然愈增。由此客觀事實看來，蘇聯抄本的雙行批和庚辰諸本相同，而條數卻較庚辰諸本少得多，證明此抄本的底本確是脂評本，甚至是較早的脂評本。

㈢雙行批無署名

蘇聯抄本雙行批均無署名，而庚辰諸本的雙行批，與此本共有的，卻偶有署名。如：

第十九回：回去我定告訴嫫嫫們打你。庚辰雙行批：該說，說的更是。指研（己卯作脂研）。

同前：又忙倒好茶。庚辰雙行批：連用三「又」字，上文一個「百般」，神理活現。脂硯（己卯作脂研）。

第四十九回：鶴勢螂形。庚辰雙行批：今四字無出處，卻寫盡矣。脂硯齋評。

以上三條，此抄本批語雖同，但均無署名。照通常情況，同一批語，在不同本子，有署名的，可能較沒有署名的爲早。但是脂硯齋整理的甲戌本，雙行批就都不署名，因此單憑此一事實，不能確定抄本時代的先後。

(四)批語混入正文

此抄本批語混入正文，加以註明的有四處，除加括號外，在批首旁寫一「註」字。計：

第十六回：怕他也無益【此章無非笑趨勢之人。】

第六十三回：忽見岫烟顫巍巍的【四個俗字寫出一個活跳美人，轉覺別出中若干蓮步香塵纖腰玉體字樣，無味之甚。】

同前：只得將未出嫁的小女帶來，一並起居才放心【原爲放心而來，終是放心而去，妙甚。】

第七十五回：尤氏笑道：我們家上下大小人只會講外面假禮假體面，究竟作出來的事，都勾使的了【如此說，便知他已知昨夜之事。】

這四條批語，第三條和庚辰、己卯的雙行批完全相同，第一條和己酉本相同❼，但己酉本混

❼俞平伯〈讀紅樓夢隨筆〉，《紅樓夢研究專刊》第四輯，頁五十。

在正文中，並未括出。其餘二條，都不見於其他各本，可見此抄本確是很早的脂評本。

㈤抄本分回情況

蘇聯抄本第十七、十八兩回僅有一共同回目，但兩回文字已分開。第十七回回目作「大觀園試才題對額，榮國府歸省慶元宵」，又有回目詩：「豪華雖足羨，離別卻難堪，博得虛名在，誰人識苦甘。」庚辰、己卯本的回目和題前詩，都和此本相同。但兩回文字並未分開。己卯本在「此時不能表白」句「白」字左側加【】號，並有朱筆眉批云：「不能表白後」是十八回的起頭❽。庚辰本僅在第十七回「寶玉聽說方退了出來」句「來」字左側加「」」號鉤識，表示應於此處分回。蘇聯抄本卽於「方退了出來」句下加「再看下回分解」。又分開爲第十八回，起句是「話說寶玉來至院外」，但並無回目。第十九回自「話說賈妃回宮」開始，並有「情切切良宵花解語，意綿綿靜日玉生香」回目。庚辰本第十九回雖然也從「話說賈妃回宮」分開，但第十八、十九回都沒有回目。這種情況最能顯示出《紅樓夢》原稿的眞相。第一回正文說：「後因曹雪芹於悼紅軒中披閱十載，增刪五次，纂成目錄，分出

❽ 見陳仲竾《談己卯硯脂齋重評石頭記》，頁一九、圖五。

章回。」這些正是「纂成目錄，分出章回」的痕迹。我們可以說，沒有分回和沒有回目的《紅樓夢》，乃是最接近原稿的《紅樓夢》。根據這三回的分合情狀，我們可以說庚辰、己卯本的底本應該早於蘇聯抄本的底本。不過實際情況並不如此簡單，不可一概而論。蘇聯抄本最特別的是，最後一回是第七十九回，而此回實包括第八十回在內，文氣一直貫注到底，其間並無分回之處，也未用任何符號表示可以分回。此抄本第七十九回回目是「薛文龍悔娶河東獅，賈迎春悮嫁中山狼」。和庚辰本相同。根本無第八十回回目。蘇聯本在分回中間的文字作「連我們姨老爺時常還誇呢！金桂聽了，將脖項一扭。」語氣銜接緊湊。庚辰本只在姨老爺時常還誇呢下加「欲明後事，且見下回」兩句套語。又在「金桂聽了」上加「話說」二字，這樣便將兩回分開。《紅樓夢》這類未分回的原稿，和分開回目蛻變的痕迹是最清楚不過的。如果按照第七十九、八十回分合的情狀，似乎蘇聯本又是早過庚辰本的底本的。還有第二十二回，蘇聯本止於回末元迎探惜四個謎語，第一個謎語（能使妖魔膽盡摧……），註云：「此是元春之作」。第二個謎語（天運人功理不窮……），注云：「此是迎春之作」。第三個謎語（階下兒童仰面時……），注云：「此是探春之作」。第四個謎語（前身色相總無成……），注云：「此是惜春之作」。旣沒有庚辰本四個謎語下文句較繁的雙行批（如「此元春之謎，纔得僥倖，奈壽不長，可悲哉！」等）；更沒有惜春謎上「此後破失，俟再補」的眉批。蘇聯本和庚辰本此回都是寫到元迎探惜四個謎語戛然而止，而庚辰本在回末另一葉有「暫記寶釵製謎」及丁亥夏畸笏叟「此回未成而芹逝矣，嘆嘆」的批語。

由此看來，蘇聯本、庚辰本的底本是相同的，蘇聯本的底本可能還較早。庚辰本根據四閱評本，還加添了後來的評語。回末有畸笏叟丁亥（一七六七，後於庚辰七年）批語，便是很明白的證據。

㈥以《紅樓夢》爲書名的標題

蘇聯抄本沒有書前題頁，各回所題的書名作「石頭記」。但第十回回首標題作「紅樓夢第十回」；第六十三回、六十四回、七十二回的回末則題爲「紅樓夢卷六十三回終」、「紅樓夢卷六十四回終」、「紅樓夢卷七十二回終」，這又是《紅樓夢》版本史上的一樁大事。一般紅學家因爲甲戌、己卯、庚辰諸本都題作「脂硯齋重評石頭記」，有正戚本單署「石頭記」，故都認爲從程高刻本纔署名爲「紅樓夢」。陳仲篪〈談己卯脂硯齋重評石頭記〉❾一文中提出他對《紅樓夢》書名出現的意見說：

---

❾ 同前，頁一一至一二。

易石頭記書名爲紅樓夢，一般地認爲這是曹雪芹卒後的事。但據甲戌本第一回有這樣一段話：「(空空道人)遂改爲情僧，改石頭記爲情僧錄，至吳玉峯題曰紅樓夢，東魯孔梅溪則題曰風月寶鑑。後因曹雪芹于悼紅軒中披閱十載，增删五次，纂成目錄，分出章回，則題曰金陵十二釵，……至脂硯齋甲戌抄閱再評，仍用石頭記。」這是曹雪芹自述的創作過程。照這說法，至少有四個人評閱過這部著作，每評閱一次他便增删纂修一次，並改一次書名，最後從脂硯齋的意見，仍定名爲石頭記。因此甲戌本、己卯本、庚辰本、戚本都以石頭記爲名。其全用紅樓夢爲名者，只有甲辰本一本。從時間上講，甲辰本用紅樓夢爲名雖早於程偉元、高鶚兩次排印本，但距曹雪芹之卒已隔二十一年。曹雪芹生前是否以紅樓夢名書？是的。如他自述說至「吳玉峯題曰紅樓夢」，又如甲戌本獨有的凡例，開宗明義第一條卽是紅樓夢旨義，他說：「此書題名極多，紅樓夢是總其全部之名也。」這是曹雪芹生前的話，應該承認這是事實。不過「至吳玉峯題曰紅樓夢」這句話，還有甲戌本中凡例的這段文字，在己卯本和庚辰本中因被删去，此後各本相沿不見，遂使讀者忽略了曹雪芹生前以紅樓夢名書的問題。但是，曹雪芹生前用紅樓夢名書，在上舉自述之外，有沒有佐證？有。這個佐證就存於己卯本之中，在過去若干年隨着原書屬於私藏，故一直沒有被發現。己卯本，在每回卷端標題「脂硯齋重評石頭記」，在回末有的僅標某回終，或甚麼記載也沒有，這不足爲奇。奇的是在第三十四回回末緊接正文突出了兩行字，其一行曰：「紅樓夢第三十四回終。」這是在脂本石頭記裏第一個出現的「紅樓夢」的標名，是己卯本獨有的，也是唯一的例證。它證實了曹雪芹生前確曾一度用紅樓夢作爲全部書的總名。由於這個事實，引導我們對上舉甲戌本那兩段話，有了進一步的了解。他的話確是言之有據，並非故弄玄虛。同時也啓發我們聯想到在甲戌本和庚辰本的某些眉批中，嘗有紅樓夢如何如何的批語。這類的批語和第三十四回終卷的標題，無疑同是曹雪芹在全書題爲紅樓夢的遺痕。

我們看了陳仲篪氏舉出已卯本回末一個標題，現在蘇聯抄本又發現第三回回末和第十回回首都標出了「紅樓夢」的書名，證明在曹雪芹生前用「紅樓夢」做書名，是毫無疑問的了。已卯本和蘇聯抄本是兩個早期的脂本，這時「纂目錄」、「分章回」的工作尙未十分完成，原書的書名還有刪改未盡的痕跡，由此也可看出蘇聯抄本有些地方是早過庚辰本的。還有，我們知道影印庚辰本原缺第六十四回，是用已卯本的補抄本來塡補的。現在蘇聯抄本的第六十四回，回目「幽淑女悲題五美吟，浪蕩子情遺九龍佩」後有題詩曰：「深閨有奇女，絕世空珠翠，情痴苦淚多，未惜顏憔悴，哀哉千秋魂，薄命無二致，嗟彼桑間人，好醜非其類。」一回末作「正是：只爲同枝貪色慾，致教連理起戈矛。」這種回首回末的類型，乃是早期《紅樓夢》的形象，以後纔逐漸被刪改淨盡。可見蘇聯此回抄本是較現存各抄本爲早的。蘇聯抄本此回開首還有一段文字，和正文一樣寫出云：「此一回緊結賈敬靈柩進城，原當補敍寧府喪儀之盛，但上回秦氏病故，鳳姐理喪，已描寫殆盡，若仍極力寫去，不過加倍熱鬧而已。故書中於迎靈送殯極忙亂處，卻只閑閑數筆帶過，忽插入釵玉評詩，璉尤贈珮一段閑雅風流文字來，正所謂急脉緩受也。」這一段文字不見於庚辰、己卯本；有正本抄在回末正文之外，失去原來的位置。這一段文字的語氣，出現的位置形式，都和庚辰、己卯兩本第一回、第二回以正文姿態出現的總評完全一樣。如第一回云：「此開卷第一回也，……」第二回云：「此回亦非正文本旨，只在冷子與一人，卽俗語所謂冷中出熱，無中生有也。……」蘇聯抄本也有第一回、第二回以正文形式出現的兩段總評文字，但第六十四回這段總評則是各本所無，或失去原來位置形式。足見蘇聯此回抄本保存更接近《紅樓夢》原稿的文字，而接近原稿的《紅樓夢》，是用「紅樓夢」做書名的。

(七)蘇聯抄本與各本之比較

俞平伯先生論抄本刻本的優劣短長⑩，曾舉第二回一個例云：第二回敍述元春寶玉的出生，三本互異：

不想次年又生了一位公子（脂本）

---

⑩俞平伯《紅樓夢研究》，頁二六〇至二六一。

不想後來又生了一位公子（戚本）

不想隔了十幾年又生了一位公子（程乙本）

……從唯理的觀點看，從後到前，一個比一個合理。事實上恰恰相反，一個比一個遠於眞實。

蘇聯抄本作「不想次年又生了一位公子」，正和甲戌本、庚辰本相同，可見蘇聯抄本是比較近眞的抄本。

還有第五十六回程乙本有一段話，很講不通，現在抄錄如下：

你這樣一個通人，竟沒看見姬子書，當日姬子有云：「登利祿之場，處運籌之界者，窮堯舜之詞，背孔孟之道。」

這段話錯誤到講不通。蘇聯抄本作：

你這樣一個通人，竟沒見子書？當日姬子有云：「登利祿之場，處運籌之界（庚辰「界」下有「者」字），左竊堯舜之詞（庚辰無「左」字），右背孔孟之道（庚辰無「右」字）。」

比較下來，蘇聯本和庚辰本文義可通，而程乙本不可通。這類的情況和前一條不同，我們不能說不通的近原本，通的是改本。我們只能說這一條蘇聯本和庚辰本是較優的本子。全部蘇聯抄本的優點想來還很多，可惜匆匆數日，只不過管中窺豹，略見一斑罷了。我曾問孟西科夫教授，何日可將此抄本影印流通？他說希望在兩三年內完成校勘工作後付印。我願意將這

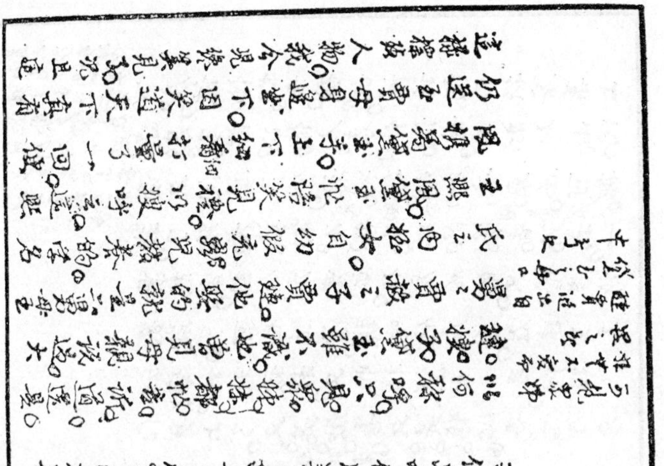

列寧格勒「紅樓夢」抄本第三回頁十八、十九。

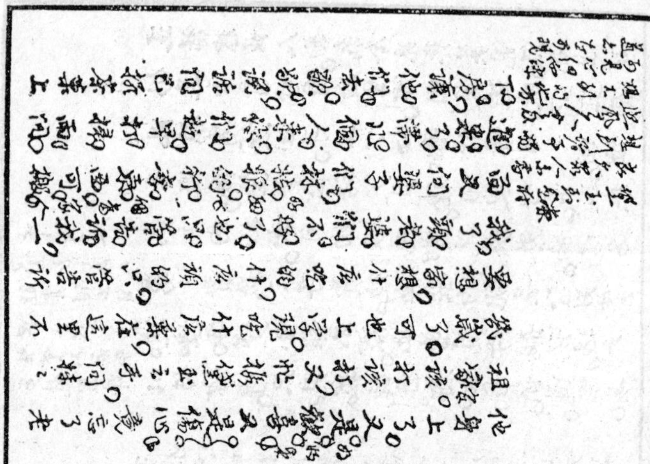

列寧格勒「紅樓夢」抄本第三回廿頁、廿一。

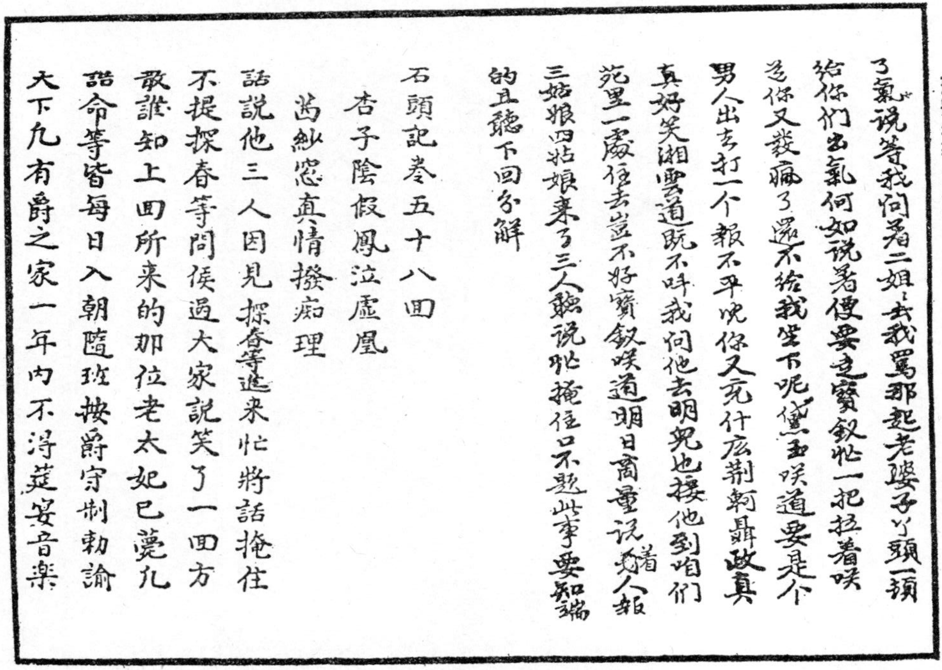
了氣說等我問着二姐〻去我罵那起老婆子〻頭一頓
給你們出氣何如說着便要走寶釵忙一把拉着笑
道你又發瘋了還不給我坐下呢黛玉笑道要是个
男人出去打一个報不平兒你又充什庅荊軻聶政真
真好笑湘雲道既不叫我問他去明兒也接他到咱們
苑里一處住去豈不好寶釵笑道明日商量說着人報
三姑娘四姑娘來了三人聽說忙掩住口不題此事要知端
的且聽下回分解

石頭記卷五十八回
杏子陰假鳳泣虛凰
茜紗窓真情揆痴理
話說他三人因見探春等進來忙將話掩住
不提探春等問候過大家說笑了一回方
散誰知上回所來的那位老太妃已薨凡
誥命等皆每日入朝隨班按爵守制勅諭
天下凡有爵之家一年內不得筵宴音樂

列寧格勒「紅樓夢」抄本五十七回、五十八回面書影。

論列寧格勒藏抄本《紅樓夢》的批語

今年暑假，出席巴黎舉行的第廿九屆東方學會。因偶然的機緣，看到列寧格勒所藏的抄本《紅樓夢》。回香港後，曾寫一文，在《明報》月刊第九十五期發表。我在該文中，提到此抄本的眉批夾批，沒有一條見於脂評本；但雙行批則和脂評本幾乎完全相同。由於雙行批相同的現象，我斷定此抄本的底本必是一個脂評本。至於全部不同的眉批夾批，是各脂本未收入的脂評呢？抑或根本不是脂評。這是研究紅學者必須加以解決的問題。

蘇聯學者孟西科夫教授，在他〈新發現的石頭記的抄本〉❶論文中，說明此抄本有眉批

---

❶ 孟西科夫 N. L. Menshikov 及李福親 B. L. Riftin 合撰〈新發現的石頭記抄本〉Neizue-stnyi spisok romana "Son v krasnon tereme"，載蘇聯一九六四年出版《亞非人民》雜誌 *Narody Azii I Afriki* 第五期。有小野理子譯文，見大阪市立大學文學部中國學研究室編《清末文學言語研究會會報》第七號（一九六五）。

一百十一條，夾批八十二條。我檢閱此抄本，第二回眉批，孟氏說有八條，實際只有七條。故眉批總數應該是一百一十條。夾批：第三回只有十九條（孟氏說有二十條）；第十七回有五條(孟氏說有四條)；第二十三回，孟氏說有一條，第六十二回，孟氏說有八條，我核查這兩回，一條夾批也沒有。因此夾批實際是七十三條。總計此抄本眉批夾批共一百八十三條。這一百八十三條批語，沒有一條和脂本評語相同。我認爲這些都不是脂評，只是抄得這脂評本的讀者，閱讀後隨意添加的評語。此抄本有四個抄手，孟氏稱之爲A君、B君、C君、D君。我審閱A君的筆迹，書法甚佳，有趙孟頫、董其昌的筆意。B、C、D三位，只是普通抄手，書法沒有什麼帖意。三人所抄部份，有錯誤處，改正的文字，往往是A君的筆迹。如第二十二回：「交給他置酒」，「置」字點去，旁改爲「治」字，「治」字便與A君的筆迹相同。由此看來，這抄本可能是屬於A君的。全書幾十萬字，A君自抄一部份，其餘分請B、C、D三位幫助抄寫。至於全部眉夾批則皆A君一人的手筆；不過正文抄寫較楷正，而批語則用行草，雖然字體不同，仍看得出是同一人的筆迹。這一百多條批語的批者，我懷疑不是脂硯一羣人，而是抄得脂本的這位讀者，其理由試說明如下：

一、此本批者的態度不同於脂批

此本的批者（專指眉夾批而言，以下同）對《紅樓夢》的文字和內容，常常加以指斥。

如第一回：

日夜悲號慚愧　夾批：到底愚頑氣。

溫柔富貴之鄉那裏去走一遭　眉批：僧已不高，石更可鄙矣。

石頭聽了大喜，因問……望乞明示　眉批：此時石頭依然，何由能語？

世人都曉神仙好，只有兒孫忘不了　眉批：罵世語固痛快，但飛（規案：當作非）和尚語氣耳。

又第十七回：

蘼蕪滿手泣斜暉　夾批：胡說。

又第二十二回：

五祖欲求法嗣，令徒弟諸僧各出一偈　眉批：腐。

又第二十三回：

有一等輕浮子弟，愛上那風騷妖艷之句，也寫在扇頭壁上，不時吟哦賞贊；因此竟有人來尋詩覓字倩畫求題的，寶玉越發得了意，鎮日家作這些外務　眉批：全不稱。

又第六十一回：

不管你方官圓官，現有贓證，我自呈報，憑你主子前辦去　眉批：此問接筍處不圓。

以上八條批語，有的評作者意境凡庸，如：「腐」，「到底愚頑氣」，「僧已不高，石更可鄙」。有的斥敍事於理不通，如「此時石頭依然，何由能語？」有的認為語氣不合，如和尚作歌，卻說道教的「神仙好」。有的批評描寫不愜當；性情灑落的賈寶玉，卻說他為俗人作詩題畫，得意洋洋。六十一回林之孝家的和丫頭們的問答，批者覺得牽強，所以說：「此間接筍處不圓」。至於「蘼蕪滿手泣斜暉」，乃是批者未加查考，覺得文句欠通：竟斥之為「胡說」。像這類的批語，和脂評批者的態度是截然不同的。

二、此本的眉夾批較多簡率的評語

此抄本的批者，看到書中精妙處，常常喝一聲采，簡單的批一個字。如第一回敍述石頭補天，說「自已無才，不得入選」，夾批一個「妙」字；又敍述絳珠仙子把一生的眼淚還給神瑛侍者，那道人道：「實未有還淚之說」，夾批一個「好」字；第十八回：「賈妃方忍悲強笑，安慰道：『當日既送我到那不得見人的去處，好容易今日回家，娘兒們這時不說不笑，反倒哭個不了。一會子我去了，又不知多早晚纔能一見！』說到這句，不禁又哽咽起來。」這節眉批只一個「好」字。像這類文辭情節精采處，批一個「好」字的，共有三十二條；批一個「妙」字的一條；批一個「該」字的一條。這樣簡單的評語，竟佔了全部眉夾批六分之一以上，這種情況也和脂評有很大的差別。

三、此本的眉夾批，只是一個批者的一次批語

脂評本的評語，顯示出集體批評、多次批評、長期批評的現象。脂評本從甲戌（一七五四）抄閱重評起，有署明四閱的評本，有署明丁丑（一七五六）、己卯（一七五九）、壬午（一七六二）、甲申（一七六四）、丁亥（一七六七）、辛卯（一七七一）、甲午（一七七四、甲戌本「甲午」批語，疑「甲申」之誤）年份的評語，可見批書時期幾乎綿延二十年之久。他們一羣批者，署名的有脂硯、畸笏、松齋、棠村等。有一條批語說：❷「余批重出。

❷ 甲戌本《石頭記》第二回眉批。

余閱此書，偶有所得，卽筆錄之，非從首至尾閱過復從首加批者，故偶有復（複）處。且諸公之批，自是諸公眼界；脂齋之批亦有脂齋取樂處。後每一閱，亦必有一語半言，重加批評於側，故又有於前後照應之說等批。」可見批書者不止一人，一個批者也不止批書一次。這種現象，此抄本是從未發生過的。可見此抄本自始至終只是個人的批語。又，分佈在此抄本二十七個回次中的眉夾批，全部沒有署名。這是因爲擁有此書的主人，把自己的意見，批在自己的藏書上，沒有署名的必要。而且全書的批語只是一個批者所批，也沒有混淆的顧慮。

根據以上許多事實，證明此抄本的正文和雙行批，是過錄的脂評本。而過錄此抄本的主人，則加上了一百八十多條的眉批夾批。研究紅樓夢的，應該將此兩種不同性質的批語，分別看待，方不致作出錯誤的結論。過去紅學家不曾看到此抄本的全部批語，無法加以批判。因此我將全部眉夾批抄錄於後，以供紅學家鑑定和探討之用。

眉批

第一回：

①溫柔富貴之鄉　儈已不高，石更可鄙矣。

②望乞明示使弟子……　此時石頭依然，何由能語！

③世人都曉神仙好　罵世語固痛快，但飛（規案：當作非）和尚語氣耳。

第二回：

④以待尋訪女兒下落　雨村二次欲訪英蓮，皆欺人耳。自得姣杏後至革職，其中定無暇及此，何竟忽哉。由此觀之，可見雨村心上只有姣杏，實無士隱矣。

⑤那面上全無一點怨色　眞奸雄也。

⑥自己擔風袖月　亦有一段豪氣。

⑦只把此脂粉釵環抓來　此回自子興口中已將政玉父子等性情微露，則下文不至有手足不相錯之弊矣。

⑧所秉者上至……　從高下二層自大仁大惡分出一等平常人。從平常愚智中又分出一等有知無爲的。說來理足話圓，正與林玉等乖僻性相合。妙，妙。

⑨置之于萬萬人之中，……　可知雨村才高處，其格致悟參功夫，原不同俗眼也。

⑩成則公侯敗則賊了　公侯而成，寧非上知？賊而敗，寧非下愚？必如雨村前篇方妙。

第三回：

⑪故弟方致書煩託　如海之語頗純正，且能以心推人，但不能知言，故所問非所答。

⑫雨村唯唯聽命　在如海一味慷慨，而雨村卻唯唯聽命，何也？

⑬方洒淚拜別　情節可觀。
⑭忽見街北　寧榮二府陳設由此始，用忽見字最妙。
⑮卻不進正門　榮寧二府規矩自此始。
⑯十七八歲的小廝　清楚詳盡。
⑰都笑迎上來　正出賈母，自丫頭口中隨口喚出，筆法爽健靈活之至。
⑱一把摟入懷中　好情節。
⑲賈赦賈政之母　赦政斷出。
⑳你二舅母　邢王夫人及李紈出在賈母口中。
㉑第一個……　寫迎探二人容貌，而兩人性情亦在言表。
㉒第三個……　不以容貌顏色寫惜春。
㉓皆是一樣的粧飾　亦自有深意也。
㉔互相廝認　迎探惜黛互相廝認。
㉕衆人見黛玉　在衆人目中只是淡淡寫黛玉，餘皆留在寶玉眼中方見。
㉖一語未了　人尚未見，而突然出聲。
㉗黛玉納罕　納罕得有理。

㉘丹唇未啓笑先開　半篇美人賦，妙，妙。

㉙賈母笑道　一見便笑。

㉚只見衆姊妹都忙告訴　可見衆姊妹無不愛而畏之者。

㉛也曾見母親說過　賈璉出自黛玉之母口中，奇文。

㉜只可憐我這妹妹　熙鳳在賈王面前大言大笑，更作出一段悲感形盼，邢王夫人、李氏姊妹均未嘗如是精神，老人家寧不喜歡。

㉝林姑娘的行李　黛玉到榮府良久，衆人未嘗想到諸事，獨熙鳳一人無想不到的地方，可見心細而條理（原批似「道」字，蓋「理」之誤寫。）亦甚可觀。

㉞連日身上不好　一片脫詞，人情天理所不容免之處，而彼以病推脫，足證其人之不端。

㉟或有委曲之處　前熙鳳一味慷慨，故能入耳而甘；此數語一片客言，故令人入骨之麻。

㊱舅母愛恤賜飯　話圓心細，足見聰明，寔非邢夫人所能見得到處。

㊲宸翰之寶　有寶無年。

㊳黑龍大畫　正室廳堂等陳設

㊴引進東耳房　此是臥房陳設

㊵陳設自不必細說　總一筆，足見言不盡意。

㊶最是一件……出寶玉，妙在王夫人與黛玉分出。

㊷因陪笑道　黛玉心上早有一個寶玉了。

㊸比我大一歲　誰問你合他歲數來。

㊹豈得有沾惹之理　禮則然也。

㊺生出多少事來　亂臣賊子必得寵，而後不才之事生矣。蓋一日之寵寔足以助平生之虐。

㊻只休信他　知子者莫如父，母亦然。

㊼寂然飯畢　無聲而有神。

㊽雖怒時而若笑　美中有一股癡莊。

㊾眼熟到如此　林寶本係前緣，故眼熟。其事若奇，而在書則其正文也。

㊿再看已換了……兩寫寶玉，方知寫迎探熙鳳均是陪襯，妙極矣。

(51)難奈淒涼　富貴不知樂業者，貧窮必不能奈淒涼，此定理也。

(52)細看形容……黛玉亦在寶玉目中看出細膩來，兩心方對。

(53)如名花照水　洛神賦之翩若驚鴻宛若遊龍者，較此不及。

(54)我曾見過的　此豈不怪，而寔不爲怪。

(55)然我看着面善　天下人癡不能癡到此，而聰明亦不能聰明到此地步。

(56)發作起癡狂病來　雖是癡狂，然亦足以賣人。

(57)寶玉滿面淚痕道　先以寶玉淚引黛玉淚。

第四回：

(58)一概無見無聞　古今若此平淡人最難得，至於筆之書文，尤難見長。

(59)他便沒事人一般　賊膽。

(60)雨村罕然道　還記得。

(61)他們的孽障遭遇亦非偶然　但以英馮之遭遇自釋，便將前買妾時慰甄家娘子之語，悉置爲鯹風臭屁，雖能言之鳥獸，不若是之忍也，寧不恥？

(62)這官司如何剖斷……　然則一味保全自己富貴而矣。

第八回：

(63)比聖旨還遵些　福厚者必不如此。

第九回：

(64)茗烟見人欺負我他豈不爲我的　好！洗得干淨。

第十六回：

(65)一條麻繩悄悄的自縊了　金哥可稱烈女，鳳婆娘不（規案：「不」蓋「可」之筆誤）

稱淫貨，此二人眞義夫節婦也。

第十八回。

(66)因忙把衣領解開從裏面紅袄衿上……　好！

(67)好妹妹饒了他罷　好！

(68)嗤的一聲又笑了寶玉道好妹妹……　好！

(69)不禁又哽咽起來　好！

(70)穿黃袍的才是你姐姐　寶釵亦未能免俗。

第十九回：

(71)第一齣……第二齣……第三齣……第四齣……　何必。

(72)襲人聽了才把心放下來嗐了一聲笑道　好！

第二十二回：

(73)他是小姐主子我是奴才丫頭得罪了他使不得　好！

(74)寶玉又不解何意在窗外只是吞聲叫好妹妹　好！

(75)你不比不笑比別人比了笑了的還利害呢　好！

(76)只是那一個偏又不領你的好情　好！

(77)五祖欲求法嗣令徒弟諸僧各出一偈　腐。

第二十三回：

(78)有一等輕浮子弟愛上那風騷妖艷之句也寫在扇頭壁上不時吟哦贊賞因此竟有人來尋詩覓字倩畫求題的寶玉越發得了意鎮日家作這些外務　全不稱。

(79)仔細忖度不覺心痛神馳　好！

二十四回。

(80)舅舅見你一遭兒就派你一遭兒不是　可哭。

(81)鳳姐聽了滿面是笑　好！

(82)到叫他看着我見不得東西是的　好！

第二十五回：

(83)這些話沒說完被賈母照臉啐了一口唾沫　該！

(84)黛玉先就念了一聲阿彌陀佛　好！

第二十六回：

(85)紅玉不覺把臉一紅　好！

(86)說着撒手就走　好！

第二十八回：

⑻還得你伸明了緣故我纔得托生呢　涎臉不堪

⑻寶釵聽說笑着搖手兒說道　好！

⑻用手指頭在臉上畫着羞他　好！

⑼黛玉便把剪子一撂說道理他呢過一會子就好了　好！

⑼黛玉道理他呢過會子就好了　好！

⑼幸虧寶玉被一個黛玉纏綿住了　好！

⑼黛玉笑道何曾不是在房裏來着只因聽見天上一聲叫　好！

⑼口裏說着將手裏的絹子一甩　好！

第二十九回：

⑼黛玉冷笑道他在別的上頭心還有限　尖刻。

⑼寶釵聽說回頭裝沒聽見　好！

⑼今日原自己說錯了　好！

第三十回：

⑼回思了一會臉紅起來便冷笑兩聲　好！

(99) 你們通今博古纔知道負荊請罪　好！

(100) 鳳姐故意用手摸着腮　好！

第四十一回：

(101) 寶玉會意知爲劉老老喫了他嫌腌臢不要了　可厭。

第四十二回：

(102) 把那牡丹亭西廂記說了兩句不覺紅了臉　好！

(103) 豈不倒成了一章笑畫兒了　好！

第四十四回：

(104) 又是慚愧又是心酸　好！

(105) 說着又哭了賈璉道你還不足　好！

第五十二回：

(106) 那一日不把寶玉兩字念九百遍　說得痛快。

(107) 這裏不是嫂子久站的　今將你亦攆也。

第五十三回：

(108) 鳳姐李紈等只在地下伺候（規案：此下抄本重複七行）　自此至七行皆不寫。

第五十六回：

(109)口內說到這裏不免又流下淚來　好！

第六十一回：

(110)不管你方官圓官現有贓證我自呈報憑你主子前辯去　此問接筍處不圓。

夾批

第一回：

①靈性已通　能大能小。（此條疑是添字）

②獨自己無才……　妙！

③日夜悲號慚愧　到底愚頑氣。

④昌明隆盛之邦　數語微露下文。

⑤豈不省了口舌是非之害　轉得有趣。

⑥遂易名爲情僧　呵呵。

⑦到是神仙一流人品　微露。

⑧那僧笑道你放心　何心哉。

⑨只因西方靈河岸上　眞眞奇案。

⑩實未有聞還眼淚之說　好！

⑪你把這有命無運累及爹娘之物抱在懷內做甚　瘋則瘋矣，而語言寓有深長意味。

⑫必是個巨眼英豪風塵中之知己也　先伏此筆，收意自不平。

⑬但每遇兄時兄並未談及　有深淺。

⑭好便是了了便是好　透澈之極。

第二回：

⑮嚷快請出甄爺來　想雨村應亦生疑。

⑯回來歡天喜地　正應前回那一唬。

⑰送了兩封銀子　禮太薄了。

⑱向甄家娘子要那姣杏　若不見姣杏，未必想士隱；若不要姣杏，未必以禮答謝甄家娘子。

⑲乃封百金贈封肅　好買賣。

⑳奈命中無子亦無可如何之事　是。

㉑不過假充養子　父母之心寔有此等情節。

㉒力謀了進去　妙在謀了二字上。
㉓老僧煑粥雨村見了……　淺了。
㉔可不玷辱了先生門楣了　此句出諸子輿口中。
㉕若論榮府一支　此話卻出諸雨村口中。
㉖我們不便去攀扯　英雄欺人。
㉗故越發生疎難認了　不敢親近耳。
㉘百足之蟲……　達人語。
㉙方纔所說異事　起得奇，接得緊。
㉚子興冷笑道　笑得妙，冷字尤妙。
㉛政老爺便大怒了　知子者莫如父。
㉜除大仁大惡兩種　先提一筆，雄健。
㉝成則公侯敗則賊了　非也。
㉞或可解疼　癡之極矣。
㉟便果覺不疼了　奇談。
㊱今知爲榮府之外孫　榮府何遂出人頭地。

第三回。

㊲只怕晚生草率　好問，可謂細心。

㊳心中十分得意　革職時旣嬉笑自如，此時何必得意，可知英雄欺人，亦寔自欺耳。

㊴因此步步留心　此時正是認生的時候。

㊵今日一旦先捨我而去　語語重肯。

㊶黛玉微笑道我自來如此　微熟化了

㊷瓔珞圈裙邊……　句法一句長句，與盡而字不續。

㊸一雙丹鳳三角眼　艷麗之極。

㊹體格風騷……　精神流露于動止之中，性情隱顯於言語之外，以聲寫色，以色寫神，無一不盡。

㊺只可憐我妹妹　好弱。

㊻忙轉悲爲喜　何旋轉之速如是。

㊼又是歡喜又是傷心　好收束。

㊽林姑娘的行李　好細心一個當家人。

㊾這到是我先料着了　賊耶？鬼耶？

㊿亦不在這正室　極有理。
51只休信他　知其病而後醫。
52天下無能第一　苦罵不知改。
53兩灣似蹙非蹙罥烟眉一雙似泣非泣含露目　艷極矣！雖西廂記還魂未能如此描畫，艷極矣！
54因道這個妹妹我曾見過　小癡大癡。
55只作遠別重逢　如何不親！

第四回：

56把出身之地竟忘了　當面好罵。
57就沒有抄一張本省的護官符來不成　好名色！
58取出一張抄寫的護官符來　幹員。
59他是被拐子打怕了的　可憐可歎。
60只說拐子是他親爹　可恨可恥。

第十七回：

61老爺當日何其明決　門子何意反復譏諷。

⑫寶玉冷笑道村名……　輕薄。

⑬無知的業障你能……　極是。

⑭蘼蕪滿手泣斜暉　胡說。

⑮猶覺幽嫻活潑視成書之句竟似套此而來　可笑。

⑯賈政笑說豈有此理　妙。

第三十六回：

⑰一並連兩隻仙鶴在芭蕉下都睡着了　好景寫得到家。

⑱襲人坐在身旁手裏做針線　此數語神理婉然，若有以跟前人自居之狀。

⑲你也過於小心了這個屋裏還有蒼蠅蚊子還拿蠅刷子趕什麼　寶釵亦有這等輕薄語。

⑳襲人不防　不防妙。靜之極處，故心別有所在焉。

㉑誰知有一種小蟲子從這紗眼裏鑽進來　眞眞小心，且頗體帖。

第五十回：

㉒光奪窗前鏡　琴志唐皇。

㉓鰲愁坤軸陷　釵全寓意。

《紅樓夢》的纂成目錄分出章回

《紅樓夢》第一回，各種抄本刻本都有下面幾句話：「後因曹雪芹於悼紅軒中披閱十載，增刪五次，纂成目錄，分出章回。」現在試就看到材料，來探測「分出章回」的眞相。

《紅樓夢》後四十回問題很複雜，有後四十回的乾隆百廿回抄本（以下簡稱全抄本）發現得也很遲。目前我見到的八十回脂評本，計有影印胡適藏甲戌本十六回，庚辰本八十回（內六十四、六十七兩回原缺，用他本補充），有正戚本八十回，乾隆百廿回抄本（前八十回正文也是脂評本），加上蘇聯列寧格勒所藏八十回脂評本（內缺第五、第六兩回）。將這些抄本和程乙本（胡天獵影本）每回的結尾語加以比較，似乎可觀察出逐步分出章回的痕迹，玆表列如後。

回次	1	2	3	4	5	6
甲戌	不知有何禍事	雨村忙回頭看時	故遣人來告訴這邊意欲喚取進京之意	尾缺	他如何從夢裏叫出來	仍從後門去了正是得意濃時易接濟受恩深處勝親朋
庚辰	不知有何禍事	雨村忙回頭看時	故遣他家內的人來告訴這邊意欲喚取進京之意	因此遂將移居之念漸漸打滅了	他如何知道在夢里叫出來正是一場幽夢同誰近千古情人獨我痴	仍從後門去了正是得意濃時是接濟受恩深處勝親朋
蘇聯	不知有何禍事下回便曉	要知是何人且聽下回分解	要知端詳且聽下回分解	要知端詳且聽下回分解	缺	缺
有正	不知有何禍事且聽下回分解	雨村聽說忙回頭看時且聽下回分解	故遣人來告訴這邊意欲喚取進京之意且聽下回分解	要知端的且聽下回分解	他如何知道得在夢裡叫將出來正是一枕幽夢同誰訴千古情人獨我癡	仍從後門去了要知端詳且聽下回分解正是得意濃時易接濟受恩深處勝親朋
全抄	不知有何禍事且聽下回分解	雨村忙回頭看時且聽下回分解	意欲喚取進京之意且聽下回	且聽下文	他如何知道在夢里叫將出來正是夢同誰訴離愁恨千古情人獨我知	仍從後門去了正是得意濃時易接濟受恩深處勝親朋
程乙	不知有何禍事且聽下回分解	要知是誰且聽下回分解	故遣人來告訴這邊意欲喚取進京之意畢竟怎的下回分解	日後如何下回分解	夢裏叫出來未知何因下回分解	仍從後門去了未知去後如何且聽下回分解

7	8	9	10	11
要知端的且聽下回分解正是不因俊俏難爲友正爲風流始讀書	正是早知日後閒爭氣豈肯今朝錯讀書	缺	缺	缺
說着卻自回往榮府而來這正是七回卷末有對一副不因俊俏難爲友正爲風流始讀書	正是早知日後閒爭氣豈肯今朝錯讀書	金榮無奈只得進前來與寶玉磕頭且聽下回分解	病勢如何下回分解	不知賈瑞來時作何光景且聽下回分解
要知下回且有第八卷正是得意濃時易接濟受恩深處勝親朋	要知端的下回分解正是早知日後閒爭氣豈有今朝錯讀書	又悄悄的勸金榮磕頭金榮無奈何俗語云在他門下過怎敢不低頭	病勢如何下回分解	不知賈瑞來時作何光景
說着自回榮府而來要知端的且聽下回分解正是不因俊俏難爲友正爲風流始讀書	正是早知日後閒爭氣豈肯今朝錯讀書	金榮無奈只得進前來與秦鐘磕頭且聽下回分解	病勢如何且聽下回分解	不知賈瑞來時作何光景且聽下回分解
說着自回榮府而來正是不因俊俏爲朋友正爲風流始讀書	正是早知日後閒爭氣豈肯今朝錯讀書	金榮無奈只得進前來與寶玉磕頭且聽下回分解	病勢如何下回分解	不知賈瑞來時作何光景且聽下回分解
要知端的下回分解	未知如何下回分解	未知金榮從也不從下回分解	病勢如何下回分解	不知賈瑞來時作何光景且聽下回分解

12	13	14	15	16	17
缺	不知鳳姐如何處治且聽下回分解正是金紫萬千誰治國裙釵一二可齊家	不知近看時又是怎樣下回便知	賈珍只得派婦女相伴後文再見	便長嘆一聲蕭然長逝下回分解	缺
要知端的且聽下回分解	不知鳳姐何等處治且聽下回分解正是金紫萬千誰治國裙釵一二可齊家	不知近看時又是怎樣且聽下回分解	賈珍只得派婦女相伴後回再見	便長嘆一聲蕭然長逝了	未分回，在「寶玉聽說方退了出來」句「來」字左下加」號
尾缺	不知鳳姐如何處治且聽下回正是金紫萬千誰治國裙釵一二可齊家	不知近看時又是怎樣且聽下回分解	另有家中許多事情下一回分解	不知後面如何且看下回分解	寶玉聽說方退了出來再看下回分解
要知端的且聽下回分解	不知鳳姐如何處治且聽下回分解正是金紫萬千誰治國裙釵一二可齊家	不知近看時又是怎樣且聽下回分解	賈珍只得派婦女相伴後回再見	便長嘆一聲蕭然長逝了下回分解	寶玉聽說方退了出來下回分解
要知分明且聽下文	如何處治且聽下文金紫萬千誰治國裙釵一二可齊家	不知近看如何且聽下回	賈珍只得派婦女相伴要知端的再聽下回分解	聽喉內哼了一聲遂瞑然而遊且聽下回分解	寶玉聽說方退了出來再看下回分解
要知端的且聽下回分解	不知鳳姐如何處治且聽下回分解	不知近前又是怎樣且聽下回分解	賈珍只得派婦女相伴後事如何且聽下回分解	畢竟秦鐘死活如何且聽下回分解	不知後來如何且聽下回分解

18	19	20	21	22
缺	缺	缺	缺	缺
安慰勸解攙扶出園去了正是	只聽寶玉房中一片聲嚷吵鬧起來正是	要知端詳下回分解	不知商量何事且聽下回分解正是 淑女從來多 抱怨嬌妻 自古便含酸	莫道此生沈黑海 性中自有大光明
安慰勸解方才扶出園門進上房去了要知端的且看下回	只聽寶玉房中一片嚷吵鬧起來正是	要知端詳再聽下回分解	不知商量何事且聽下回（點去改「冊」）分解正是 淑女自來多 抱怨姣妻 從古便含酸	莫道此生沈黑海 性中自有大光明
安慰勸解攙扶出園去了下回分解	只聽寶玉房中一片嚷聲吵鬧起來後回再見	要知端的下回分解	不知商量何事且聽下回分解正是 淑女自來多 抱怨嬌妻 從古便含酸	且聽下回分解
安慰勸解攙扶出園去了且聽下回分解	只聽寶玉房中一片聲吵嚷鬧起來且聽下回分解（「鬧」字圈去「且聽」圈去改爲「未知何事」）	要知端的下回分解	不知商量何事且聽下回分解	未知次日如何且聽下回分解
及王夫人攙扶出園去了未知如何下回分解	只聽寶玉房中一片聲吵嚷起來未知何事下回分解	要知端詳且聽下回分解	不知何事且聽下回分解	未知次日如何且聽下回分解

23	24	25	26
缺	缺	一面說一面摔簾子出去了	不知是那一個來且看下回
及回頭看時原來是且聽下回分解正是粧晨綉夜心無矣對月臨風恨有之	要知端的下回分解	不知端詳且聽下回分解	不知是那一個出來要知端的且聽下回分解
及回頭看時原來是（三字點去改爲「不知如何」）且聽下回分解（「回」字點去改爲「冊」）正是粧晨綉夜心無意對月臨風恨有之	現在收管各處房田事務且聽下冊分解	慣會拿人取笑且聽下冊分解	不知是那一個且聽下回分解（「回」字圈去改冊）
及回頭看時原來是且聽下回分解正是粧晨綉夜心無矣對月臨風恨有之	要知端的下回分解	不知端詳且聽下回分解	不知是那一個出來要知端的且聽下回分解
及回頭看時元來是（「元來」圈去改爲「未知」）誰下回分解	現在收管各處房田事務且聽下回分解（另紙抄八行文字加入「房田事務」一句下末云要知端的下回分解）	欲知端詳下回分解	不知是那一個出來要知端的下回分解
及至回頭看時未知是誰下回分解	要知端底下回分解	欲知端詳下回分解	不知是那一個出來要知端的下回分解

	27	28	29	30	31
	要知端底再看下回	再看下回分明	缺	缺	缺
	要知端詳且聽下回分解	要知端的且聽下回分解	不知依與不依要知端詳且聽下回分解	要知端的且聽下回分解	因說道不知是如何且聽下回分解
	要知端的下册分解（原作「回」圈改作「册」）	要知端的下册分解（原作「回」圈改作「册」）	不知依也不依且聽下册分解（原作「回」圈改作「册」）	要知端的下册分解	且聽下回分解
	要知端詳且聽下回分解	要知端的且聽下回分解	不知依也不依且聽下回分解	要知端的且聽下回分解	因說道不知是如何且聽下回分解
	要知端的下回分解	要知端的下回分解	不知依他也不依且聽下回分解	要知端的且看下回分解（「且看」二字塗去）	因說道不知是如何且聽下回分解（因說八字劃去改「要知後事」）
	要知端詳下回分解	要知端的下回分解	不知依與不依要知端詳下回分解	要知端的下回分解	要知後事下回分解

32	缺	再看下回便知	且聽下回分解（「回」字圈去改爲「册」）	再聽下回分解	不知何往且聽下回分解（劃去改爲「後事如何下回分解」）	後事如何下回分解
33	缺	問他端的且聽下回分解	問他端的且聽下册分解（原作回圈去改册）	問他端的且聽下回分解	要知端底究竟如何且聽下回分解	要知端底究竟如何且聽下回分解
34	缺	且聽下回分解	且聽下回分解（「回」圈去改「册」）	且聽下回分解	且聽下回分解	且聽下回分解
35	缺	要知端的且聽下回分解	要知端的下回分解（回圈去改册）	要知端的且聽下回分解	要知端的且聽下回分解	要知端底且聽下回分解
36	缺	要知端的且聽下回分解	要知端的且聽下回分解（「回」圈去改爲「册」）	要知端的且聽下回分解	要知端底且看下回分解	要知端底且看下回分解
37	缺	要知端的且聽下回分解	要知端的且聽下回分解（「回」圈去改爲「册」）	要知端的且聽下回分解	要知端的且聽下回分解	要知端底下回分解

38	39	40	41	42
缺	缺	缺	缺	缺
不知作什麼且聽下回分解	老太太房里的姑娘們跕在二門口找二爺呢	兩隻手比着說道花兒落了結個大倭瓜衆人大笑起來只聽外面亂嚷	要知端的	不知次日又有何話且聽下回分解
不知作些什麼且聽下回分解（「回」圈改為「冊」）	不知如何且聽下回分解	兩隻手比着說道花兒落了結了個大倭瓜衆人大笑起來只聽外面亂嚷（自「說道」以下劃去改作「不知說出什麼來且聽下冊分解」）	要知端的且聽下回分解	且聽下回分解
不知作什麼且聽下回分解	老太太的房裏姑娘們跕在二門口找二爺呢且聽下回分解	兩隻手比着說道花兒落了結個大倭瓜衆人大笑起來只聽外面亂嚷且聽下回分解	下回分解	不知次日又有何事下回分解
不知作什麼且聽下回分解	要知何事（原作端詳劃去改作「何事」）下回分解	要知以後下回分解	未知如何且看下回分解	不知次日又有何話下回分解
不知卻作什麼且聽下回分解	不知何事下回分解	不知何事且聽下回分解	未知如何且看下回分解	不知次日又有何話下回分解

43	缺	要知端的下回分解	要知端的下回分解	要知端的下回分解	要知端的下回分解	要知端底下回分解
44	缺	要知端的下回分解	要知端的下回分解	下回分解	要知以後下回分解	要知後來端底且看下回分解
45	缺	要知端的	要知端的下回分解	暫且無話且聽下回分解	下回分解	要知端底且看下回分解
46	缺	要知端的	要知端的下回分解	要知端的下回分解	要知端的下回分說	要知端底下回分解
47	缺	要知端的	要知端的且聽下回分解(「且聽」二字點去)	且聽下回分解	要知端的下回分解	要知端底且看下回分解
48	缺	且聽下回分解	要知端的下回分解	未知如何且聽下回分解	要知端的下回分解	要知端底且看下回分解
49	缺	要知端的且聽下回分解	要知端的且聽下回分解	要知端的下回分解	要知端的下回分解	要知端底且看下回分解
50	缺	要知端的	尾缺	要知端的下回分解	要知端的下回分說	要知端的且聽下回分解

51	52	53	54	55	56	57
缺	缺	缺	缺	缺	缺	缺
賈母道正是這話了……添出這些事來要知端的	要知端的且聽下回分解	要知端的	且說當下元宵已過	要知端的	不知有何話說	要知端的且聽下回分解
要知端的下回分解	要知端的下回分解	欲知端的下回分解	且說當下元宵已過再看下回分解	要知端的下回再談分解(「再談」二字圈去)	不知如何且聽下回分解	要知端的且聽下回分解
說的衆人都笑了且聽下回分解	倒下了且聽下回分解	要知端的下回分解	要知端的下回分解	要知端的下回分解	不知有何話說且聽下回分解	且聽下回分解
賈母道正是這話了……添出這些事來要知端的且聽下回分解(自「賈母」至「端的」劃去)	要知端的下回分解	未知怎麼賞去且聽下回分解	要知端底且聽下回分解	要知端的後事如何且聽下回分解(「端的」二字圈去)	不知有何話說且聽下回分解	要知端的且聽下回分解
未知賈母何言且聽下回分解	要知端的且看下回分解	未知怎生賞去且聽下回分解	要知端底下回分解	要知後事何如且聽下回分解	不知有何話說且聽下回分解	要知端詳且聽下回分解

58	缺	便有人回老太太太太回來了	不知後事如何且聽下回分解	要知端的且聽下回分解	要知端的且聽下回分解	要知端底且看下回分解
59	缺	不知襲人問他果係何事且聽下回分解	不知襲人問他何事且聽下面分解	不知襲人問他果係何事且聽下回分解	不知何事且聽下回分解	不知何事下回分解
60	缺	要知端的且聽下回分解	要知端的且聽下回分解	要知端的下回分解	要知端的下回分解	要知端底下回分解
61	缺	要知端的且聽下回分解	未知後來如何且聽下回分解	要知端的下回分解	要知端的且聽下回分解	要知端的下回分解
62	缺	不知端詳且聽下回分解	不知如何且聽下册分解	要知端的下回分解	不知端的且聽下回分解	不知端詳下回分解
63	缺	不知如何且聽下回分解	未知如何下回分解	未知如何且聽下回分解	不知如何下回分解	不知如何且看下回分解
64	缺	下回分解	未知如何下回分解正是只為同枝貪色慾致教連理起戈矛	下回便見正是只為同枝貪色慾致教連理起干戈	要知端的且聽下回分解	下回分解
65	缺	不知端詳且聽下回分解	不知端詳且聽下回	要知端的下回分解	要知端的且聽下回分解（「端的」二字圈去改為「尤三姐要嫁何人」）	要知尤三姐要嫁何人下回分解

66	缺	後回便見	要知端詳且聽下回分解	且聽下回分解	要知端的且聽下回分解	要知端的且看下回分解
67	缺	未知鳳如何辦理且聽下回分解	要知端的且看下回分解	要知端的且聽下回分解	未知鳳姐如何辦理下回分解	未知鳳姐如何辦理下回分解
68	缺	不知端詳且聽下回分解	要知端詳且聽下回分解	要知端的下回分解	不知鳳姐又想出什麼計策且聽下回分解	不知鳳姐又變出什麼法兒來且聽下回分解
69	缺	也不進去只在這里伴宿正是	要知端的且聽下回分解	也不進去下回分解	未知何事下回分解	要知端的且聽下回分解
70	缺	要知端的下回便見	要知端的且聽下回分解	要知端的下回分解	不知何事下回分解	不知何事下回分解
71	缺	只得鬆手讓他去了	且聽下回分解	且聽下回分解	要知端底且聽下回分解	要知端底下回分解
72	缺	要知端的且聽下回分解	要知端的下回分解	要知端的下回分解	要知端的（圈改爲「未知如何」）且聽下回分解	未知如何且聽下回分解
73	缺	正不知道是那個且聽下回分解	且聽下回分解	不知是誰且聽下回分解	不知是誰且聽下回分解	不知是誰下回分解

74	缺	不知後事如何	不知後事如何且聽下回分解	不知後事如何且聽下回分解	不知後事如何且聽下回分解	未知後事如何且聽下回分解
75	缺	要知端詳再聽下回	要知端的……(以下缺)	要知端的下回分解	要知端的下回分解	要知端底下回分解
76	缺	不知下文什麼	不知下文什麼且聽下回分解	所以不知是什麼下回分解	不知什麼(塗改爲「要知端的」)下回分解	要知端底下回分解
77	缺	再聽下回分解	所以苦海回頭立意出家修修來世也是他們的高意	再聽下回分解	要知後事再聽下回分解	要知後事下回分解
78	缺	曉得寶玉也忙看時且聽下回分解	不知是何人不知端的且聽下册分解	嗚呼哀哉尙饗	且聽下回分解	究竟是人是鬼下回分解
79	缺	欲明後事且見下回	未分回	且聽下回分解	欲知香菱說出何話且聽下回分解	欲知香菱說出何話且聽下回分解
80	缺	終不知端的且聽下回分解	要知端的且聽下回分解	且聽下回分解	要知端的下回分解	要知後事下回分解

我們觀察到庚辰、己卯本的第十七、第十八回；蘇聯本的第七十九、第八十回；本來是整體一氣未分開的。這證明《紅樓夢》的原稿，回數必然較少，每回的字數必然較多。曹雪芹諸人斟酌情節字數，與以劃斷分開。分開以後，每回的回首便加上「話說」的字樣；回末便加上兩句題詩。現在幾個抄本合湊起來，尚保存了九個回末所題的詩句。大概曹雪芹諸人不曾把所有回末詩句題完，可能改變主意，照一般小說及說書人的口吻，一呼一應，自問自答的加兩句套話，如「欲知端的，且聽下回」，或「要知後事如何，且聽下回分解」之類，初期所用字句，尚顯得凌亂，有時說：「再看下回便知」，有時說：「欲明後事，且見下回」，到後來便趨劃一整齊；如程乙本多半是：「要知後事，下回分解」，或「要知端的，後回分解」。從上表比較對看，其情狀是非常顯著的。我現在以「○」號表示回數根本未分開；以「⊖」號表示回數雖然分開，但未加分回的套語；以「⊕」號表示回數分開，又加題回末詩句；以「A」表示分開套語的問話，如「欲知後事」之類，此一句，可算回末套語的「半完成」；以「B」表示分開套語的答話，如「且看下回」之類，我稱之爲回末套語的「準完成」，因爲「B」句重於「A」句，「A」句可省，而「B」句不可省。「以A＋B」表示回末套語的完成。以「A＋B＋⊕」表示套語完成，仍保留回末詩句以「×」表示缺回或缺尾。現在再用符號作成二表於後，以見各本八十回分回的現象。

表一

回次	1	3	5	7	9	11	13	15
甲戌	⦶	⦶	⦶	⊕ A+B	×	×	A+B ⊕	B
庚辰	⦶	⦶	⊕	⊕	B	A+B	A+B ⊕	B
蘇聯	A+B	A+B	×	⊕ A+B	⊕	A	A+B ⊕	B
有正	A+B	B	⊕	⊕ A+B	B	A+B	A+B ⊕	B
全抄	A+B	B	⊕	⊕	B	A+B	A+B ⊕	A+B
程乙	A+B	A+B	A+B	A+B	A+B	A+B	A+B	A+B

回次	2	4	6	8	10	12	14	16
甲戌	⦶	×	⊕	⊕	×	×	A+B	B
庚辰	⦶	⦶	⊕	⊕	A+B	A+B	A+B	⦶
蘇聯	A+B	A+B	×	A+B ⊕	A+B	×	A+B	A+B
有正	B	A+B	⊕ A+B	⊕	A+B	A+B	A+B	B
全抄	B	B	⊕	⊕	A+B	A+B	A+B	B
程乙	A+B	A+B	A+B	A+B	A+B	A+B	A+B	A+B

33	31	29	27	25	23	21	19	17
×	×	×	A+B	⦶	×	×	×	×
A+B	A+B	A+B	A+B	A+B	A+B ⊕	A+B ⊕	⊕	○
A+B	B	A+B	A+B	B	A+B ⊕	A+B ⊕	⊕	B
A+B	A+B	A+B	A+B	A+B	A+B ⊕	A+B ⊕	B	B
A+B	A+B	A+B	A+B	A+B	A+B	A+B	B (A+B)	B
A+B	A+B	A+B	A+B	A+B	A+B	A+B	A+B	A+B
34	**32**	**30**	**28**	**26**	**24**	**22**	**20**	**18**
×	×	×	B	A+B	×	×	×	×
B	B	A+B	A+B	A+B	A+B	⦶	A+B	⊕
B	B	A+B	A+B	A+B	B	⦶	A+B	A+B
B	B	A+B	A+B	A+B	A+B	B	A+B	B
B	A+B	A+B	A+B	A+B	B (A+B)	A+B	A+B	B
B	A+B	A+B	A+B	A+B	A+B	A+B	A+B	A+B

51	49	47	45	43	41	39	37	35
×	×	×	×	×	×	×	×	×
A	A+B	A	A	A+B	A	①	A+B	A+B
A+B	A+B	A+B	A+B	A+B	A+B	A+B	A+B	A+B
B	A+B	B	A+B	A+B	B	B	A+B	A+B
A+B (B)	A+B	A+B	B	A+B	A+B	A+B	A+B	A+B
A+B	A+B	A+B	A+B	A+B	A+B	A+B	A+B	A+B
52	50	48	46	44	42	40	38	36
×	×	×	×	×	×	×	×	×
A+B	A	B	A	A+B	A+B	①	A+B	A+B
A+B	×	A+B	A+B	A+B	B	① (A+B)	A+B	A+B
B	A+B	A+B	A+B	B	A+B	B	A+B	A+B
A+B	A+B	A+B	A+B	A+B	A+B	A+B	A+B	A+B
A+B	A+B	A+B	A+B	A+B	A+B	A+B	A+B	A+B

69	67	65	63	61	59	57	55	53
×	×	×	×	×	×	×	×	×
⊕	A+B	A+B	A+B	A+B	A+B	A+B	A	A
A+B	A+B	A+B	A+B	A+B	A+B	A+B	A+B	A+B
B	A+B	A+B	A+B	A+B	A+B	B	A+B	A+B
A+B	A+B	A+B	A+B	A+B	A+B	A+B	A+B	B
A+B	A+B	A+B	A+B	A+B	A+B	A+B	A+B	A+B

70	68	66	64	62	60	58	56	54
×	×	×	×	×	×	×	×	×
A+B	A+B	B	B	A+B	A+B	⦶	A	⦶
A+B	A+B	A+B	A+B ⊕	A+B	A+B	A+B	A+B	B
A+B	A+B	B	B ⊕	A+B	A+B	A+B	A+B	A+B
A+B	A+B	A+B	A+B	A+B	A+B	A+B	A+B	A+B
A+B	A+B	A+B	B	A+B	A+B	A+B	A+B	A+B

	甲戌	庚辰
A+B	3	38
A+B ⊕	2	3
A		11
B	3	10
⊕	2	7
⦶	5	10
○		1
缺尾	1	
總回	16	80

表二

71	73	75	77	79
×	×	×	×	×
⦶	A+B	A+B	B	A+B
B	B	A+B	⦶	○
B	A+B	A+B	B	B
A+B	B	A+B	A+B	A+B
A+B	A+B	A+B	A+B	A+B

72	74	76	78	80
×	×	×	×	×
A+B	A	A	B	A+B
A+B	A+B	A+B	A+B	A+B
A+B	A+B	A+B	⦶	B
A+B	A+B	A+B	B	A+B
A+B	A+B	A+B	A+B	A+B

蘇聯	有正	全抄	程乙
52	46	61	78
6	6	1	
1			
11	25	14	2
2	2	4	
3	1		
1			
2			
78	80	80	80

我們從上表看來，程乙本可以說分回的手續全部完成，七十八回全是合乎常規的結束語，三十四和六十四兩回也具備了結束語，僅僅是省略了一句問話，所以程乙本八十回分回是完全而且劃一的完成（八十一回以後的四十回程乙本雖然完成，但無脂本比較，故不論列。至於幾個抄本，全抄本前八十回的分回，有六十一回是正式完成，有十四回是準完成，有一回是完成而未刪去分回詩句，未完成分回手續的只有四回。有正本八十回的分回，正式完成的有四十六回，準完成的有廿五回，完成而保留分回詩句的有六回，未完成分回手續的有三回。蘇聯本存七十八回，又缺尾二回，實七十六回，分回的手續，完成的五十二回，準完成的十一回，完成而保留分回詩句的六回，未完成的五回，根本未分開的一回。庚辰本八

〈近年的紅學述評〉商權

陳炳良先生在香港《中華月報》一九七四年一月號，發表了〈近年的紅學述評〉一文，綜論新舊中西的紅學作品。其中對筆者和新亞書院《紅樓夢》研究小組，有很多針砭和指教，我在此先向陳先生致誠摯的謝意，因爲一切匡謬指瑕的忠告，我們都是衷心感激和歡迎的。不過，陳先生提到最近王世祿〈由潘重規紅樓夢的發端略論學問的研究態度〉一文（王世祿是徐復觀先生的化名，以下簡稱「王文」。），認爲我應該作一個正面的答覆，似乎懷疑我有規避閃躲之嫌。其實「王文」並未提出什麼新的問題。「王文」主張有正本早於甲戌本，只是根據趙岡先生的意見。我的看法和趙岡先生不同，我和趙岡先生不斷有討論辯難的文字。我在〈甲戌本石頭記覈論〉一文❶，已具體的說明我的意見。「王文」教訓我研究態

❶ 見香港中文大學新亞書院學術年刊第十四期，一九七二年九月出版。

度要誠實，引用材料要正確，他卻沾沾自喜的告訴我說：「據吳恩裕〈考稗小記〉，『敦誠死於乾隆五十六年辛亥一月十六日丑時』，『程偉元刊行《紅樓夢》時，敦誠已經死掉約十個月了』。」我查吳著，敦誠是卒於乾隆五十六年辛亥十一月十六日丑時❷，不知王文根據何種秘本。像這類「信口開河」的寫作，辯論實在是一種浪費。況且「王文」對我肆意人身攻擊，我如反脣相稽，雖可快意一時，但會造成學術界惡劣的風氣，因此我擱筆不答一言。現在，陳先生站在學術立場，反對我的見解，批評小組的工作，就事論事，各抒所見，這正是論學應有的態度。我和胡適之先生辯論紅學問題，齊如山先生給我的信說，這叫做「擡學問槓」，是極有樂趣的。趙岡先生和我討論，也說：「這算是我們擡學問槓的第二回，這樣一步步深究下去，研究也就愈來愈細緻。」我希望和陳先生這次的討論，也能獲得「擡學問槓」的樂趣，如果對學術能作出或多或少的貢獻，那更是我願望而不敢奢求的。現在我將陳先生對我個人提出的意見，逐點分條論列，敬請陳先生和讀者指正。

---

❷ 吳恩裕：《有關曹雪芹十種》〈考稗小記〉，頁一三九。

一、研究紅學的派別和方法問題

陳先生敍述紅學，分爲索隱派的舊紅學、考證派的新紅學和文學評論派的紅學。陳先生謬許我是舊紅學的代表。又引茅盾先生說我的說法是蔡元培、壽鵬飛、景梅九三人的意見的綜合。其實我只是一個《紅樓夢》的讀者，對一部愛好的作品，讀不通時發生疑問；發生疑問後，便四方八面搜求證據，希望能夠得到徹底的解決，消除內心塞滿的疑團。看到別人的說法，可以解決問題，消除疑難時，我便歡喜踴躍採取別人的說法。在沒有別人的說法可以解決疑問時，纔不得已提出自己的意見。徬徨求索，勞心苦思，只是想認清這一偉大作品的眞意，解除讀此書時的一切疑團，成爲一個心開目明、與高采烈的讀者。我既不曾想歸屬任何宗派，也不想發明任何學說。我雖然採用蔡元培諸位先生的說法，我並無意加入索隱派的舊紅學；我雖曾和胡適趙岡諸先生辯論考證《紅樓夢》版本和脂評種種問題，並從事校勘《紅樓夢》各種重要版本，我也無意自居於考證派的新紅學。我讀《紅樓夢》偶然也寫幾句批評。甚至主張要寫出純淨的國語文學，應該以《紅樓夢》爲標準的範本，這也只是我個人的想法，更談不上是文學評論派的紅學。因此我應該供認，我是一個無宗無派的《紅樓夢》

讀者。至於應用何種方法讀《紅樓夢》，何種方法是合於科學，何種方法是不合於科學，這全要察勘實際的情況，而不能取決於空洞的理論。例如胡適之先生說索隱派是笨猜謎，是不科學。當然，如果一部書不須猜索而盲猜瞎索，自然是不科學；但如果一部書需要猜索而做符合事實的猜索，這便是合於科學。當年胡適之先生〈答蔡孑民先生的商榷〉一文說：

> 關於這一段「方法論」，我只希望指出蔡先生的方法是不適用於《紅樓夢》的。有幾種小說是可以採用蔡先生的方法的，最明顯的是《孽海花》。這本是寫時事的書，故事中的人物都可用蔡先生的方法去推求：陳千秋卽是田千秋，孫汶卽是孫文，莊壽香卽是張香濤，……其次，如《儒林外史》，也可以用蔡先生的方法去推求的。如馬純上之爲馮粹中，莊紹光之爲程緜莊，大概已無可疑。但這部書裏的人物，很有不容易猜的；如向鼎，我曾猜是商盤，但我讀完《質園詩集》三十二卷，不曾尋着一毫證據，只好把這個好謎犧牲了。

由胡先生的話看來，只是說用猜謎的方法去讀《紅樓夢》是不合科學，而用猜謎的方法去讀《孽海花》、《儒林外史》便非不合科學。可見用猜謎的方法去解決問題，它的本身並非絕對的不合科學。我認爲《紅樓夢》一開篇就申明它是將「眞事隱去」而用「假語」說明眞事的一部隱書，自然應該探索它「隱去」的「眞事」。王夢阮《紅樓夢索隱》、蔡元培《石頭記索隱》，所索的都是這個「隱」。無論探索的結果是否正確，探索總是應該的。《周易・

陳先生這番話說得很巧妙。我和陳先生的名字儘可以做種種的解析。但是我和陳先生都不生在反清復明的時代，都沒有反清復明的思想，所以只能作爲笑談，和《紅樓夢》的解釋是不相干的。猶如天地會中的人物，他們伸出大二三指代表天，伸出中四小指代表地。如果不是天地會中的人物，儘管有時作出同樣的動作，卻不可作同樣的解釋。至於清初富有民族思想的漢人，對異族統治者有無比的憤恨和反抗的決心，他們處在禁網嚴密中，用「隱語式」的文字作工具來組織同志和宣洩感情，乃是那時代富有民族思想的漢人普遍運用互相了解的工具技巧。陶逑夔寫「明朝期振翮，一舉去清都」，並不要本於呂晚村的詩句。呂晚村用的「清風明月」，和蘇東坡「惟江上之清風與山間之明月」，字面並無不同，但當時的漢人自然懂得他指的是清朝明朝，自然了解他反清復明的意志。不僅是當時的漢人，甚至於當時的朝鮮人也能了解他的意志，也會運用這類隱語方式來表達反清復明的意志。試看朝鮮人朴趾源的《熱河日記》、洪德保《湛軒燕記》中的〈吳彭問答〉、〈蔣周問答〉、〈乾淨筆談〉。他們乾隆年間奉使來到燕京，文章中仍奉明朝正朔。他們和漢人筆談，仍大談反清復明的道理。他們也時時用隱語，如「雙懸日月」之類來表達反清復明的思想（詳見拙作〈紅樓夢的新觀點和新材料〉，香港《大人》雜誌第十五期）。他們這種用隱語方式的革命術語，乃是那時代廣大漢族人的愛國心靈中自然流露出來的，也是那時代具有愛國心靈的漢族人互相了解的。如果中國人處在異族控制下，用傳統拆字、諧音等等隱語方式來表達他們的意志心靈，我們相應的也用傳統拆字、諧音等等隱語方式去了解他們的意志心靈，這正是合乎科學，而不是「不大合乎科學」。我們解釋《紅樓夢》，只是想知道作者當日寫作的用心，和寫作的時代背景，來揭發出寫作《紅樓夢》的眞正意旨，歸還它的本來面目。我們所希求的是以《紅樓夢》時代還給《紅樓夢》，我們不希望把今日的時代抹殺了《紅樓夢》的時代。

二、有關《紅樓夢》作者的問題

《紅樓夢》這部書，一出來便是隱藏着作者姓名來與世人見面的。我們翻開古抄本，不論是甲戌、己卯、庚辰、有正、全抄、蘇聯所藏；乃至於初期的刻本，不論是程甲、程乙，都沒有標明作者的姓名。乾隆四十九年甲辰（西元一七八四）夢覺主人〈抄本八十回紅樓夢序〉說：

> 夫木槿大局，轉瞬興亡，警世醒而益醒；太虛演曲，預定榮枯，乃是夢中說夢。說夢者誰，或言彼，或言此。

抄本的主人不但沒有說曹雪芹是作者，而其傳說中的作者也復彼此無定。其他有序文的抄本，如未記年月的戚蓼生序，乾隆五十四年（一七八九）己酉的舒元煒序，都沒有提到曹雪芹是作者。到了乾隆五十六年（一七九一）辛亥的程甲本，卷首有程偉元的序文說：

> 《紅樓夢》小說本名石頭記，作者相傳不一，究未知出自何人，惟書內記雪芹曹先生刪改數過。

序文說「作者相傳不一」，正和甲辰本「或言此，或言彼」，如出一口，可見《紅樓夢》自開始流傳時，都不說曹雪芹是此書的作者。並且相傳的作者頗多，似乎還有所避諱，不願舉出傳說中的作者姓名。後來如蘭皋居士的《綺樓重夢》（嘉慶刊本）楔子中說：

> 《紅樓夢》一書，稗史之妙也，不知所自起。

裕瑞《棗窗閒筆》〈後紅樓夢書後〉說：

> 舊聞有《風月寶鑑》一書，又名石頭記，不知爲何人之筆，曹雪芹得之。以是書所傳述者，與其家之事迹略同，因借題發揮，將此部刪改至五次，愈出愈奇，乃以近時之人情諺語，夾寫而潤色之，借以抒其寄託。曾見抄本卷額，本本有其叔脂硯齋之批語，引其當年事甚確，易其名曰《紅樓夢》。

陳鏞《樗散軒叢談》（嘉慶九年青霞齋刊本）卷二說：

> 《紅樓夢》實才子書也。初不知作者誰何。或言是康熙間京師某府西賓常州某孝廉手筆。巨家間有

之，然皆抄錄，無刊本。

徐珂《清稗類鈔》云：

> 或曰：是書實國初文人抱民族之痛，無可發洩，遂以極哀豔極繁華之筆為之。
>
> 或曰：作是書者乃江南一士子。

這些筆記所載，都和程小泉序文「作者相傳不一，究未知出自何人」的說法，可以互相印證。也可見程高以前確有許多人不承認曹雪芹是《紅樓夢》的作者。

由於《紅樓夢》本書並無曹雪芹著作的紀錄，因此近代紅學家盡力搜求與曹雪芹有關人士的資料，想從中發掘出曹雪芹作《紅樓夢》的證據。從所有已知與曹雪芹有關人士中，只有敦敏、敦誠和雲芹年輩最接近，交誼也最深切。其餘永忠和雪芹素昧平生，由他弔雪芹「可恨同時不相識，幾回掩卷哭曹侯」的詩句，可以證明。至於明義和雪芹並無直接關係，張宜泉也是疏遠的交游。這些說曹雪芹作《紅樓夢》的人物，如永忠、明義之流，都不過是得之傳聞。但是，和雪芹關係最密切的敦敏兄弟，他們的著作中從沒有隻字提到曹雪芹作《紅樓夢》的事實。雖然周汝昌諸人指敦誠在乾隆廿七年秋天寄懷曹雪芹詩末句「不如著書黃葉村」是著作《紅樓夢》❸，這是太缺乏證據的想像了。有人說曹雪芹絕無其他著作，此處

---

❸ 周汝昌：《紅樓夢新證》頁四二九：按詩末句云著書，當即陸續修撰《石頭記》事。

著書當然是《紅樓夢》。但是去年二月吳恩裕發表了〈曹雪芹的佚著和傳記材料的發現〉一篇文章，知道曹雪芹著有《廢藝齋集稿》八册，如何能說曹雪芹絕無著作呢?還有敦誠輓雪芹詩「開篋猶存冰雪文」，吳恩裕也認爲指的是《紅樓夢》❹，這不僅是缺乏證據的推斷，而且也不是輓詩的本意。其實「開篋猶存」的「冰雪文」，即是第一首輓詩所說『牛鬼遺文悲李賀』的『遺文』。敦誠《鷦鷯庵筆麈》中曾有一則說：

余昔爲〈白香山琵琶行〉傳奇一折，諸君題跋不下數十家。曹雪芹詩末云：「白傅詩靈應喜甚，定教蠻素鬼排場」亦新奇可誦。曹平生爲詩，大類如此，竟坎坷以終。余挽詩有「牛鬼遺文悲李賀，鹿車荷鍤葬劉伶」之句，亦驢鳴弔之意也。

這則筆記，確是輓詩最好的注脚。由此可知後人的揣測是不可依據的。而且敦誠敦敏爲人很重情感，篤於友誼，他們在詩文雜記中三番五次提到曹雪芹，對於雪芹的零章斷句，都非常珍重，如果雪芹有大著作如《紅樓夢》，他們豈有一字不提之理。由此可知愛好《紅樓夢》，訪尋《紅樓夢》，校印《紅樓夢》的高鶚程小泉關於作者的說法，是根據事實的敍

---

❹ 吳恩裕：《有關曹雪芹十種》頁三五：「敦誠的寄懷曹雪芹末句『不如著書黄葉村』中所著的這書，以及最近新發現的敦誠輓曹詩第二首首句『開篋猶存冰雪文』中的「文」，似乎都應當指的是《紅樓夢》。」

述。我們看最近發現曹雪芹《廢藝齋集稿》中《南鷂北鳶考工志》附錄了一篇敦敏的〈瓶湖懋齋記盛〉❺，文中敍述雪芹大大小小的行事非常詳細：他提到訪尋雪芹的新居、同居的白媼，提到雪芹爲于景廉紮風箏及所著的《南鷂北鳶考工志》。他描寫雪芹善於放風箏，喜飲酒，能用江南方法烹調「老蚌懷珠魚」。贊揚雪芹疎財仗義，里中巨室求畫，非其人雖重酬不應。這所記的關於雪芹的著作行爲，可以說巨細不遺，但是獨獨沒有半句話提到曹雪芹曾經寫過最偉大的著作《紅樓夢》。〈記盛〉是乾隆二十三年臘月二十四日以後記的，早在乾隆十九年已有脂硯齋抄閱重評的《石頭記》，慇慇屬望曹雪芹有所著作的朋友，豈有對創作《紅樓夢》鉅著的事實竟一字不提之理。可見《紅樓夢》這部書，確如裕瑞諸人所說，原作者另有其人。經過曹雪芹披閱增刪，又經過脂硯諸人評注，高鶚程小泉諸人校刊，然後纔得流行問世。看清楚這種種事實，《紅樓夢》中含有的隱事，便無法使讀者不往裏面探求。陳先生說：

> 以前的學者用索隱辦法來解釋《詩經》、溫庭筠詞和李商《隱詩》，因爲篇幅短的關係，比較容易；如果我們也用這方法來解釋這部長篇小說，便不太容易了。

---

❺ 吳恩裕：〈曹雪芹的佚著和傳記材料的發現〉。

陳先生這番話值得商榷的地方很多。從前的學者果眞是用《紅樓夢》索隱的方法去解釋《詩經》、溫詞、李詩嗎？篇幅短容易解釋，篇幅長便不容易解釋；是否謎面文字多的長的難猜，謎面文字少的短的便容易猜呢？我們研究《紅樓夢》，如果應該用這種索隱辦法去解決問題，就不當因難而退。因此我將陳先生所提出有關作者應當考慮的八個問題，列成條目，一項一項的依次答覆如後。

⑴「如果曹雪芹不是作者，那末永忠和明義的詩，脂硯齋『書未成，芹爲淚盡而逝』那句話和許多『曹雪芹是作者』的記錄，我們怎樣去解釋呢？」

誤會曹雪芹乃《紅樓夢》的原作者，是由脂硯齋，畸笏一班和曹雪芹同時的紅迷引起的。他們沉醉在《紅樓夢》文學的魅力中，他們在批語中對隱名的原作者，和執筆增刪《紅樓夢》的曹雪芹，都漫無分別的稱他們爲作者。批書人對原作者表現極度的崇拜；而對密友曹雪芹則表現得非常親暱。試看後列的脂評：

第二回開始總批：「以百回之大文，先以此回作兩筆以冒之，誠是大觀，世態人情盡盤旋於其間，而一絲不亂，非具龍象力者其孰能哉！」(有正)

第十五回總批：「請看作者寫勢利之情，亦必因激動；寫兒女之情，偏生含蓄不吐，可謂細針密縫。其述說一段，言語形跡無不逼眞。聖手神文，敢不薰沐拜讀。」(有正)

第十六回總批：「自政老生日用降旨截住，緊接黛玉回，璉鳳閒話，以老嫗勾出省親事來。其千頭萬緒，合筍貫連，無一毫痕跡，如此等是書多多不能枚擧。想玉兄在青埂峯上經鍛鍊後，參透重關至恒河沙數。如否，余曰：萬萬不能有此機構，有此筆力，恨不得面問果否，嘆嘆。丁亥春，畸笏叟。」（庚辰）

這一類五體投地的佩服歌頌，乃是針對此書原作者的歡喜讚歎，而非對密友曹雪芹的頂禮膜拜。

至於脂評中所指稱的作者曹雪芹，乃是刪訂《紅樓夢》未成而卒的曹雪芹。我們從第十三回評語，最能看出曹雪芹刪訂《紅樓夢》的痕迹。十三回回目本是「秦可卿淫喪天香樓」，因評書人建議曹雪芹把淫喪天香樓的事實刪去五頁，故將回目改爲「秦可卿死封龍禁尉」。看十三回的批語云：

通回將可卿如何死故隱去，是大發慈悲也。嘆嘆。壬午春。（庚辰回末總評）

「秦可卿淫喪天香樓」，作者用史筆也。老朽因有魂托鳳姐賈家後事二件，嫡是安富尊榮坐享人能想得到處，其事雖未漏，其言其意則令人悲切感服，姑赦之，因命芹溪刪去。（甲戌回末總評）

此回只十頁，因刪去天香樓一節，少卻四五頁也。（甲戌眉批）

「秦可卿淫喪天香樓」，作者用史筆也。老朽因有魂托鳳姐賈家後事二件，豈是安富尊榮坐享人能想得到者，其言其意令人悲切感服，姑赦之，因命芹溪刪去「遺簪」、「更衣」諸文，是以此回只十頁，刪去天香樓一節，少去四五頁也。（靖應鵾藏本）

由這節批語，知道批書者認爲秦可卿托夢之詞極有價值，以言重人，就建議把她淫蕩的事實加以隱諱，故刪去四五頁之後，第十三回便只剩十頁了。評語有壬午年份，還是雪芹未死之前批記的。這是雪芹刪除原本的明證。再看七十五回，庚辰本有回前總批：

乾隆二十一年五月初七日對清。缺中秋詩俟雪芹。

原來第七十五回寫賈母中秋家宴，擊鼓傳花，有寶玉受命做卽景詩一首。接着賈蘭賈環各做一首，書中只虛寫一筆，並無詩辭。脂硯齋校對抄本時，發現此回敍述做詩而沒有詩，故批明「缺中秋詩，俟雪芹，」是要等候雪芹補充起來，這是有意增補原本的明證。還有《紅樓夢》第七十九回，寫寶玉到紫菱洲一帶感傷的一首詩，庚辰本在第四句的位置下有一批語說：

此句遺失。

這是原本偶有缺文的明證。所謂曹雪芹增刪《紅樓夢》，其工作大概就是如此。因爲曹雪芹做了增刪的工作，所以批書人也稱他爲「作者」。至於增刪的工作，何以要由雪芹負責，這或許是雪芹詩筆比這班批書朋友較強，或許《紅樓夢》的底本是曹家的藏書，脂硯齋重評

《石頭記》可能是曹家傳抄出來的。雪芹和脂硯一班人氣味相投，交誼又篤，無形中成爲一羣紅迷。這羣紅迷把讚歎歌頌的語言都批注在書眉行縫，遇有對原書有特殊的意見，便推雪芹執筆增刪，如爲秦可卿隱諱死因，替中秋詩補充缺文之類。如此一來，批書人認爲《紅樓夢》的妙處可以發露無餘，而《紅樓夢》的不妙處可以刪除淨盡。但是工作未完而雪芹逝世。第二十二回的總批說：

此回未成而芹逝矣，嘆嘆，丁亥夏，畸笏叟。（庚辰）

此回未補成而芹逝矣，嘆嘆，丁亥夏，畸笏叟。（靖應鵾藏本）

現在我們還能看到的庚辰本和列寧格勒藏本，第二十二回的《紅樓夢》都到「惜春謎」便戛然中止，根本沒有回末的結尾語，顯然是未經補成的原文。如果這些工作完成，便可大快他們的心願。不幸工作未完而雪芹逝世，所以第一回的脂評說：

壬午除夕，書未成，芹爲淚盡而逝，余嘗哭芹，淚亦待盡。……今而後，惟願造化主再出一芹一脂，是書何本（幸），余二人亦大快遂心於九泉矣。甲午八日淚筆（靖應鵾藏本作甲申八月淚筆）。

從這幾句話，很明顯的看出，批書人是說《紅樓夢》得到他們整理，便可完美無瑕；不幸工作未成，雪芹先逝，所以異常悲傷，竟希望後世再產生像他們這樣深切了解《紅樓夢》的讀者，能完成他們未竟之志，這樣便是《紅樓夢》的幸運，也是他們的幸運了。

由前面所說，可見《紅樓夢》本書，另有隱名的原作者，曹雪芹只是增删補訂的執筆人。脂硯齋在評語中一律都稱之爲作者，這便是曹雪芹變成爲《紅樓夢》作者的由來。「永忠、明義的詩」和「許多曹雪芹是作者的記錄」，都是受脂評影響而產生的。

⑵「如果曹雪芹不是作者，那末，原作是不是存在曹寅處呢？他那時出版很多書籍，爲什麼不出版這本書呢？是不是有礙語呢？」

《紅樓夢》原本存在曹寅處的可能性極大。據裕瑞《棗窗閒筆》說：

> 聞舊有《風月寶鑑》一書，又名石頭記，不知爲何人之筆。曹雪芹得之。

日本鹽谷溫《中國小說概論》說❻：

> 像開頭的緣起所說，曹雪芹也是根據何種原本而纂成的。曹楝亭又實在是一個愛書家，其家藏着許多珍書秘本之類，而這些書遂成爲《紅樓夢》之藍本。

曹楝亭收藏圖書極爲豐富，這是衆所週知的事實。曹雪芹得到他祖父的遺書，這自然也是極爲合理與可能。至於沒有刻版印行，可能因爲幾十萬字的大書，在當時也不是輕而易舉的事。

---

❻鄭振鐸編：《中國文學研究》頁六〇七，君左譯。

(3)「如果曹雪芹刪去礙語，使事蹟更爲隱晦，他會不會自認或不否認他是作者或修訂者呢？」

《紅樓夢》中有一段寶玉替芳官改名的文字，在清代文網嚴密的時期，確實是很危險的礙語。我們先抄下來看看：

寶玉聽了，喜出望外，忙笑道：這很好。我也常見官員人等多有跟從外國獻俘之種，圖其不畏風霜，鞍便馬捷，既這等，再起個番名，叫耶律雄奴，二音又與匈奴相通，都是犬戎名姓。況且這兩種人，自堯舜時便爲中華之患，晉唐諸朝，深受其害。幸得偺們有福，生在當今之世，大舜之正裔，聖虞之功德仁孝，赫赫格天，同天地日月，億兆不朽，所以凡歷朝中跳梁猖獗之小醜，到了如今，不用一干一戈，皆天使其拱俛，緣遠來降。我們正該作踐他們，爲君父生色。

在滿清時代大罵匈奴犬戎，這是大大犯忌諱的事。但庚辰、有正兩本都有這段文字；到了高鶚整理一百廿回抄本，和兩次刻本，纔把這段文字刪去。可見曹雪芹和脂硯這班人都沉醉在柔情麗旨的妙文中，並未發覺這類礙語。因此，談不到「曹寅會不會保存這本小說」，和曹雪芹「會不會自認或不否認他是作者或修訂者」的問題。

(4)「如曹雪芹不是作者，那麼別人爲什麼要『嫁禍』給他呢？」

脂硯齋批語中說曹雪芹是作者，但脂硯齋並不知道《紅樓夢》是反清復明的隱書，所以談不到「嫁禍」，因爲他們並未感到有「禍」可「嫁」。

(5)「曹家做了幾代『奴才』，爲什麼忽然有人要流布這反淸小說呢？」

曹雪芹、脂硯齋，乃至高鶚、程偉元，他們都要流布《紅樓夢》這部小說；他們的動機，並不是認爲這是反淸小說，他們只覺得《紅樓夢》是一部哀感頑豔最動人的小說。

(6)「曹雪芹『刪書』時，正是窮途落魄，絕想不到程偉元和高鶚會替他印行這本小說。我們怎可以說他特別用『庭幃之事，淺俗之語』以便把反滿思想流行在非知識分子之間呢？」

曹雪芹增刪《紅樓夢》，他的心目中只見到是一部豔情小說。程偉元、高鶚印行這部小說，也沒有反滿的意識。用庭幃之事，淺俗之語，以便把反滿思想流行在非知識分子之間，這是原作者的用意，與曹雪芹不相干。

(7)「散文和詩都可以宣揚民族主義，曹雪芹或某不知名的作者爲什麼要採用長篇小說的形式來達到這目的呢？用小說作爲宣傳工具是梁啓超提出的，我們怎可以說在康熙時代已有這個思想呢？至於用鄭思肖和謝皋羽來比況《紅樓夢》的作者可說『擬於不倫』，因爲前兩人都明明白白地把他們的意思寫出來，而後者的反抗意識要靠學者們轉譯出來。」

散文和詩可以宣揚民族主義，長篇小說當然也可以宣揚民族主義。至於某不知名的作者要採用長篇小說的形式來達到這目的，正因清初民族志士用詩和散文宣揚民族主義，已逐漸被滿清統治者發覺，康雍乾各朝不斷的發生了文字獄，所以《紅樓夢》作者要用更隱秘更複雜的長篇小說的形式來達到他們的目的。至於說「用小說作爲宣傳工具是梁啓超提出的，我們怎可以說在康熙時代已有這個思想呢？」這話似乎不能成立。中國人利用小說作爲宣傳工具的思想由來已久，我們知道變文是平話小說的先驅，它的形成，便是由於宣傳佛教教義之故。以後出現的平話小說，乃至韻語彈詞，都或多或少有宣傳的動機。這種思想，那裏是梁啓超提出來之後纔有的！我們看「秉持公心，指摘時弊」的《儒林外史》以及晚清許多「揭發伏藏，顯其弊惡，而於時政，嚴加糾彈」的譴責小說，難道都要讀過梁啓超的文章纔可以創作出來嗎？陳先生又提到「用鄭思肖和謝皋羽來比況《紅樓夢》的作者可說『擬於不倫』，因爲前兩人都明明白白地把他們的意思寫出來，而後者的反抗意識要靠學者轉譯出來。」我們看鄭思肖自題居室爲「本穴世界」，著的書稱《大木無工空經》，他並未明明白白說是「大宋世界」和「大宋經」。謝皋羽〈西臺慟哭記〉，寫的哭唐魯公，並未明明白白說是弔文天祥。因此要勞動清初黃宗羲替他作注。鄭思肖、謝皋羽、《紅樓夢》的原作者，都因爲處在異族統治之下，不得不用隱語表達他們的意志，如何說是「擬於不倫」呢？

作，我們不能認爲是枝節問題。試看民國五十六年（一九六七）五月四日，林語堂先生在臺北發表演講，說乾隆百二十回抄本有一個「堇堇」的題籤，堇堇卽是雪芹的別號，遂斷定全書添改補寫的部份，都是曹雪芹的手筆。因爲兩個字的問題，引起了一場大爭論。如果這兩字確是曹雪芹的別號，全書確是曹雪芹親筆的改本，那與舊紅學、新紅學、文學評論派都有絕大的關係；只可惜「堇堇」是「蓮公」的誤認，一切說法便都不能成立。可見文字是作品的基石，我們偶一疏忽，便可使考證批評全部落空，甚至得到全部錯誤的結果。我們本此信念，只想在基本工作方面作出少許貢獻，爲所有各派研究《紅樓夢》的學者和一般的讀者服務。我們五六年來一點一滴滙合起來的貢獻，實在微不足道。我們小組同學在《紅樓夢俗話初探》的〈前言〉裏❼，早就說明：

> 作爲一群在校的學生，能力和時間都限制了我們的工作。而實際上，我們也只用各人很少的一點課餘時間。因此，工作上的錯漏自然難免，這就要請各方面的先進多多指正了。
>
> 我們不願藏拙，仍然把這些未成熟的研究文章發表在專刊上，完全是誠心求教的意思。

我們知道從事研究的人，最急需的便是資料。我們限於環境、人力、財力，雖然四處搜

---

❼《紅樓夢研究專刊》第一輯，《紅樓夢》研究小組出版。

羅，能得到的，實屬有限之至。所以我們設計公開舉行展覽，把我們的實際情況毫無隱飾的展出，將我們教學、研究、習作、資料全部公開，希望有心人指出我們一切的缺點，使我們有改進的機會。我在「紅樓夢研究展覽」致詞❽中說：

> 今天我們展覽陳列在各位面前的，從閱讀的書籍、專著、論文，平時的抄寫習作，編輯校對的底稿，出版的刊物專書，學術界先進的指教，平時講說討論的演習，全部的活動，儘量如實的展示出來；使得我們研究資料的缺欠，寫作編輯的困難，出版刊物的貧乏，講習討論的偏差，能够毫不掩飾的呈現出來，以求教於師友來賓。我們只能展覽「紅樓夢研究」的工作，而無法展覽出「紅樓夢研究」的成績，所以我們叫做「紅樓夢研究展覽」。我們仗着一份求知的熱忱，一股研究的傻勁，大膽的舉行一次展覽。……我們渴望來賓師友同情我們求教的眞誠，多多給我們指教，作爲我們改進的南針，也許有一天眞能有些少的成績，那就不辜負各位的期望了！

我們多年來所呼籲祈求的，正是渴望今天陳先生這一類的指教。我們小組儘管有志未逮，但我們必然敬謹接受，深深銘刻，時時策勵。這是我要向陳先生致最深摯的謝意的。

最後有一點，我願附切磋之義，和陳先生有所商榷。陳先生說：「在海外，不可能找到什麼新材料，對那些懸而未決的問題，不可能有再進一步的突破。」這一觀點，我的意見和

❽《紅樓夢研究專刊》第八輯。

陳先生微有不同，我認為任何問題，如果是應該解決的，我們必須努力研求，不可苟安現狀。況且《紅樓夢》的新材料，也不能說「在海外不可能找到」。前年（一九七二）十月廿二日趙岡先生寫了一篇文章，正題是「楙齋詩鈔的流傳」，副題是「再論曹雪芹的卒年」❾，歷來曹雪芹卒年有「壬午」和「癸未」兩說，他根據現藏在美國哈佛燕京圖書館善本書庫的鈔本八旗叢書中的《楙齋詩鈔》，和影印本《楙齋詩鈔》詳細對校，證明《楙齋詩鈔》並非敦敏親手按年編定的本子，訂正了周汝昌「敦敏小詩代柬寄曹雪芹作於癸未年」的說法，也可能澄清了多年來有關曹雪芹卒年的爭論。如果抱着在海外不能解決懸而未決的問題的心理，周汝昌說法的錯誤，便永遠無法糾正。我去年八月間，曾往列寧格勒東方研究院訪問一個短時期，看到圖書館寫本部所藏的抄本《紅樓夢》，確是天地間另一個脂評本，它有許多和甲戌、庚辰、有正諸脂本特異之處。這是海內所無，必須向海外找尋的材料，怎可以說「在海外不可能找到什麼新材料」呢？我又在東方研究院圖書館發現了一部程甲本，和三部殘缺不全的程乙本，這也是海內外極稀有的最早刻本。這些新材料，研究《紅樓夢》的人遲早要拿來仔細考察一番。至於去年吳恩裕介紹新發現的曹雪芹的佚著《廢藝齋集稿》，如果

❾《大陸》雜誌第四十六卷第一期頁三一至三五，臺北大陸雜誌社出版。

全稿沒有燬滅，便須向日本方面留心訪尋。這是在海外的學人的責任，如果將「不可能」三字深深印入每個研究者的心靈裏，這將大大妨害學術研究的進展。清代學者曾提出「務求其是，務爲其難」兩句話，勉勵研究學問的人。我覺得研究《紅樓夢》也應該抱定這種精神，有疑問必須追究到底，容易固然要追究，困難也不可以罷手，這纔合於陳先生所說的科學方法和科學精神。不知陳先生以爲然否？

一九七四年一月卅日寫於巴黎大學城東南亞館

「關於紅樓夢的作者和思想問題」

答余英時博士

本年六月號《中華月報》刊出余英時博士〈關於紅樓夢的作者和思想問題〉一文，對拙稿〈紅樓夢新解〉有所針砭，我感到非常欣幸，拜讀後，奉答如下。

一、關於《紅樓夢》的作者問題

關於《紅樓夢》的作者，陳炳良教授在〈近年的紅學述評〉❶一文中，對我提出了八個問題，我曾撰文逐項加以答覆❷。這些文字登載在《中華月報》中，余先生都已過目，所以

❶《中華月報》，民國六十三年一月號。

❷〈近年的紅學評述〉商榷，《中華月報》，民國六十三年三月號。

余先生文首特別表明說：「關於《紅樓夢》的作者問題。我在這裏僅涉及這個大問題的極小部份。這一部份主要是對潘重規先生〈紅樓夢新解〉的一點商榷。而且重點不是放在結論方面，而是放在考證方法論方面。」因此，余先生提出了有兩點與考證方法不合。第一點，余先生指出我不應該引程、高刻本序言「作者相傳不一，究未知出自何人」來證明《紅樓夢》的作者不是曹雪芹，因爲「高程二子在紅學考證中乃是被告，從嚴格的方法論的觀點說，正像陳援庵先生謂『在其本身訟事未了以前，沒有爲人作證的資格。』」誠然，高、程二子是被人控告作僞，而最強有力的檢舉人便是胡適之先生。胡先生說：「程序說先得二十餘卷，後又在鼓擔上得十餘卷，此話便是作僞的鐵證，因爲世間沒有這樣奇巧的事！」《胡適文存》〈紅樓夢考證〉又說：「到了乾隆五十六年至五十七年之間，高鶚和程偉元串通起來，把高鶚續作的四十回同曹雪芹的原本八十回合併起來，用活字排成一部，又加上一篇序，說是幾年之中搜集起來的原書全稿。」〈重印乾隆壬子本紅樓夢序〉胡先生這番指控，曾經被全世界人普遍接受，幾乎使高鶚犯僞造罪成了定案。這不僅像陳援庵先生所說「在其本身訟事未了之前，沒有爲人作證的資格」；甚至變成根本沒人願意提及的罪犯了。但是我在二十年前爲程高辯誣，反駁胡先生的指控是既無證據，也不合理。胡先生生前不能提出理由，推倒我爲程高的辯護，身後也沒有人替胡先生的指控再度確定，似乎沒有理由永遠把程高看成罪犯，永遠取銷他們作證的資格。況且後人詆毀程高扯謊，既拿不出眞憑實據，而程、高的敍說，倒被證明確是事實；例如他們說「前八十回抄本，各家互異」❸，現在發現了的甲戌、己卯、庚辰、戚蓼生、列寧格勒各種脂評抄本，無論是回目、字句，都確實有很多不同。還有近年發現的高鶚手定一百廿回抄本，原是帶脂評的本子，因爲印刷困難，刪去評語，也和他們引言第五條說的相符❹。甚至他們特別舉出「第六十七回此有彼無，題同文異」❺，果然庚辰本無第六十七回，而戚本、列寧格勒諸本則有。如此明確的例證，絕非可以隨便拉來扯謊的。考證《紅樓夢》的人未發現各種舊抄本新材料以前，儘可以咬定程高作僞，對他們的說話一概置之不理。程高長眠地下，也無力起來答辯。現在紅學家發掘出來許多新材料，一椿一椿都替程高作證——證明程高的說話全是事實。我們似乎不應該因他們受人誣告，便取銷他們說話的資格。至於乾隆四十九年甲辰（西元一七八四）夢覺主人〈抄本八十回紅樓夢序〉說「夫木槿大局，轉瞬興亡，警世醒而益醒；太虛演曲，預定榮枯，乃是

❸ 程乙本〈紅樓夢引言〉第二條。

❹ 程乙本引言第五條：「是書詞意新雅，久爲名公鉅卿賞鑑，但創始刷印，卷帙較多，工力浩繁，故未加評點。」

❺ 程乙本引言第三條。

夢中說夢。說夢者誰？或言彼，或言此。」夢覺主人所說的或彼或此，正和程偉元序「作者相傳不一，究未知出自何人」的話若合符節，可見程高的話，是不應輕易把它抹殺的。

第二點，余先生認爲我不應該只採取《棗窗閒筆》中對於作者兩種說法的一種。余先生說：

更値得注意的是這個逍遙子的僞本《後紅樓夢》前面居然假造了曹雪芹的母親的一封信，作爲「絕大對證」。可見至少當時的讀者大概都認爲《紅樓夢》的作者是曹雪芹。否則這封信豈非無的放矢麼？我們不知道這個逍遙子的僞書成於何時。據裕瑞說，程、高本問世後「作《後紅樓夢》者隨出，襲其故智，僞稱雪芹續編，亦以重價購得三十回全璧。猶恐世人不信，僞撰雪芹母札，以爲確證。」（《紅樓夢卷》，第一册，頁一一二）我們知道，程甲本刋行於一七九一年，程乙本刋行於一七九二年。裕瑞既云此本「隨出」，則當在十八世紀末年或十九世紀初年，與程、高的年代極相近。我們當然不能根據這個僞本來解決《紅樓夢》的作者問題。我引此說，僅在說明兩點：一，程、高本問世不久，已有很多讀者相信曹雪芹是原作者。而潘先生的斷案，說「裕瑞所得的《紅樓夢》作者的資料，還是不知何人之筆，還是曹雪芹刪改五次」是不够全面的。潘先生只採取了《棗窗閒筆》的一個說法，而忽略了其中另一個說法。二，「逍遙子本襲程、高故智，僞稱雪芹續編，亦以重價購得三十回全璧。」這更加深了我們對程、高後四十回的懷疑。潘先生如取裕瑞「曹雪芹得之」之說，便很難拒絕接受他對後四十回是「贋鼎」的判決。「順我者生，逆我者死」是考證方法上的大忌。所以，我認爲《棗窗閒筆》只能表示十九世紀初葉一般人對於八十回《紅樓夢》的一些傳說，而沒有確定的證據的價値。

余先生認爲我採取裕瑞的兩種說法的一種是不全面，而且合意的便引用，不合意的便不用，儼然是「順我者生，逆我者死」的氣勢。其實裕瑞的兩種說法只是一種說法，他的〈後紅樓夢書後〉說：

> 聞舊有《風月寶鑑》一書，又名石頭記，不知爲何人之筆。曹雪芹得之，以是書所傳述者，與其家之事跡略同。因借題發揮，將此部刪改至五次，愈出愈奇，乃以近時之人情諺語，夾寫而潤色之，借以抒其寄託。曾見抄本卷額，本本有其叔脂硯齋之批語，引其當年事甚確，易其名曰紅樓夢。……其原書開卷有云「作者自經歷一番」等語，反爲狡猾託言，非實跡也。本欲刪改成百二十回一部，不意書未告成而人逝矣。余曾於程、高二人未刻《紅樓夢》板之前，見抄本一部，其措辭命意與刻本前八十回多有不同。抄本中增處、減處、直截處、委婉處，較刻本總當，亦不知其爲刪改至第幾次之本。八十回書後，惟有目錄，未有書文，目錄有大觀園抄家諸條，與刻本後四十回四美釣魚等目錄迥然不同。蓋雪芹於後四十回雖久蓄志全成，甫立綱領，尚未行文，時不待人矣。……觀刻本前八十回，雖係其眞筆，粗具規模，其細膩處不及抄本多多矣，或爲初刪之稿乎？至四十回迥非一色，誰不了然，而程、高輩謂從鼓擔無意中得者，眞耶假耶？……至於《後紅樓夢》三十回，又和詩第二回，則斷非雪芹筆，確爲逍遙子僞託之作。……其開卷卽假作出雪芹老母家書一封，弁

之卷首爲序，意謂請出如此絕大對證來，尚有誰敢道個不字。作者自覺甚巧也，殊不知雪芹原因託寫其家事，感慨不勝，嘔心始成此書，原非局外旁觀人也。若局外人徒以他人甘苦澆已塊壘，泛泛之言，必不懇切逼眞，如其書者。（《紅樓夢卷》，第一册，頁一一三至一一四）

我們看裕瑞在這篇文章，一開始就說明：「《石頭記》，不知爲何人之筆，曹雪芹得之，……將此部刪改至五次，……本欲刪改成百二十回一部，不意書未成而人逝矣。」這分明指出《紅樓夢》原作者另有其人，曹雪芹得其書後，刪改五次，欲改成百二十回，未成而逝。最後，他指斥「《後紅樓夢》三十回，斷非雪芹筆，確爲逍遙子僞託之作。……殊不知雪芹原因託寫其家事，感慨不勝，嘔心始成此書。」余先生據其最後的一節話說：「這一段話明明肯定曹雪芹是《紅樓夢》的作者，而且是寫其家事，感慨不勝。周汝昌批評裕瑞自打嘴巴是不錯的。」其實，裕瑞剛剛說明《紅樓夢》原作者另有其人，雪芹得之，欲刪改成百二十回；跟着說雪芹嘔心始成此書。這當然是指雪芹是刪改原書的作者，而不是原作者。裕瑞絕不會前一句說紅樓夢的原作者另有人，後一句又說曹雪芹是原作者。因爲前面已交代清楚原作者另有其人，曹雪芹只是刪改原書的人；緊接着又說曹雪芹作《紅樓夢》，自然是指他是刪改《紅樓夢》的作者，而不是原作者。周汝昌說裕瑞「自打嘴巴」，那是他未曾看清裕瑞的說法，裕瑞是並沒有打自己嘴巴的。余先生又說：「程、高本問世不久，已有很多讀者相信曹雪芹是原作者。」這話一點不錯，我在〈脂評紅樓夢新探〉（《紅樓夢新解》，頁一三二至一四四）中，已經指出脂評中所稱的作者，有的是指《紅樓夢》原書的作者，有的是指改書的曹雪芹。遠在程、高刻書以前，永忠、明義等已稱曹雪芹爲作者，正是受脂評混括不分的影響。當然，這些是涉及全面考訂作者的問題，余先生已經聲明重點不是放在結論方面，而是放在考證方法論方面。所以不必多加辨析。不過，我們看清了裕瑞文字的意義後，知道裕瑞所認定《紅樓夢》原書作者確是不知何人之筆，而曹雪芹是得到原書後加以刪改之人。裕瑞所陳述的事實是如此，我引述裕瑞的說法也是如此，並沒有「採取《棗窗閒筆》的一個說法，而忽略其中另一個說法」。也沒有「順我者生，逆我者死」的意思。至於裕瑞指「逍遙子襲程高故智，僞稱雪芹續編，亦以重價購得三十回全璧。」但程高明明說《紅樓夢》的作者不知究是何人，他們並未假造曹雪芹的著作。至於他們所得的後四十回，無論是眞是假，或眞假參半，都不影響前八十回的眞實狀況。也與裕瑞「石頭記不知爲何人之筆」之說，是另一回事。

余先生討論《紅樓夢》作者問題的考證方法論時，又附帶提到《風月寶鑑》的問題，余先生說：

> 回到潘先生的「新解」，我對於他的「風月寶鑑」一解尚有疑問。《紅樓夢》第一回楔子有「東魯

孔梅溪則題曰風月寶鑑」一語。甲戌本脂硯齋眉評說：「雪芹舊有《風月寶鑑》之書，乃其弟棠村序也。今棠村已逝，余覩新懷舊，故仍因之。」這是自胡適以來大家公認為曹雪芹是《紅樓夢》的作者的重要根據之一。潘先生也說它「似乎確指《紅樓夢》的作者。」但接着又有下面一段分析：「曹雪芹的《風月寶鑑》寫了些什麼雖不得而知，但可斷定絕不是《紅樓夢》。因爲批語明說『覩新懷舊，故仍因之。』正謂雪芹舊作和《石頭記》別號同名，爲了追念逝者，故不把重複的書名改掉，絕不能說曹雪芹著《風月寶鑑》卽是《紅樓夢》。」……事實上，這個《風月寶鑑》的雙包案，是無中生有的。除非我們今天發現了一本與《紅樓夢》完全不同的曹雪芹所著的《風月寶鑑》，我們沒有理由說曹雪芹「舊有風月寶鑑之書」不是《紅樓夢》。因爲甲戌本楔子上說「吳玉峯題爲紅樓夢，東魯孔梅溪則題曰風月寶鑑」，顯然是同一作品的兩種名稱也。

余先生這一詰問，我的答覆是，脂批所稱「雪芹舊有風月寶鑑」的《風月寶鑑》，所以和《紅樓夢》不是「同一作品的兩種名稱」的緣故。是因爲甲戌本第一回說：

空空道人聽如此說，思忖半晌，將這《石頭記》再檢閱一遍，……因毫不干涉時世，方從頭至尾，抄錄回來，問世傳奇。因空見色，由色生情，傳情入色，自色悟空，遂易名爲情僧，改石頭記爲情僧錄。至吳玉峯題曰紅樓夢，東魯孔梅溪則題曰風月寶鑑。後因曹雪芹於悼紅軒中披閱十載，增刪五次，纂成目錄，分出章回，則題曰金陵十二釵。

這一段話明說原有《石頭記》一書，至吳玉峯題曰「紅樓夢」，孔梅溪題曰「風月寶鑑」，又至曹雪芹則題曰「金陵十二釵」。這部書當然和棠溪作序的《風月寶鑑》不同，否則便不應該吳玉峯題名於前，而曹雪芹又題名於後。所以我判斷這是不同的兩部書。余先生又說：

> 問題在「新」、「舊」及「因之」的「之」究竟何指。潘先生似乎是把「新」當作別號「風月寶鑑」的《紅樓夢》，把「舊」當作曹雪芹「舊作」的《風月寶鑑》，而「之」則指「重複的書名」——卽《風月寶鑑》。如依此解則脂評《紅樓夢》不應稱石頭記，而當叫做風月寶鑑了。……如果曹雪芹「舊有風月寶鑑之書」，那麼，脂硯所謂「覩新懷舊」的「新」當然是《石頭記》或《紅樓夢》了。可是我們知道，在《紅樓夢》的版本史上，它從來沒有以「風月寶鑑」的獨立名號出現過。……可是潘先生又說，石頭記可能是曹寅的藏書，落到了曹雪芹的手上。姑假定這個推測完全正確，那麼石頭記應該是比雪芹「舊有風月寶鑑之書」更「舊」的書了。然則脂硯怎麼會稱它爲「新」呢？甲戌本是脂硯的重評本，無論如何也不可能叫它「新」也。

余先生說如依我在〈新解〉的解釋，則脂評《紅樓夢》不應稱「石頭記」，而當叫作「風月寶鑑」。本來「紅樓夢」、「風月寶鑑」、「金陵十二釵」都是《石頭記》的題名，任稱一名都無不可。如果你稱它做「石頭記」，也未嘗不可同時稱它做「紅樓夢」或「風月寶鑑」。至於稱新稱舊的問題，正是因爲棠村爲曹雪芹作序的《風月寶鑑》稱之爲舊；曹雪芹後來刪定的《石頭記》中出現的「風月寶鑑」的題名，自然可以稱之爲新。這是我的解釋。至於吳世昌的解釋，把甲戌本第一回開頭，及以後許多回的總評都認爲是棠村的小序；儘管他引彌爾敦的史詩《失樂園》作例，但在中國文章裏是講不通的。

余先生說：

> 曹雪芹的寫作年代正在乾隆一朝，卽文字獄發展到最爲「咬文嚼字」的一段時期，如果他寫了一部與《紅樓夢》毫不相干的書，何以偏偏要叫它做「風月寶鑑」呢？何況潘先生又說：「清風明月這個詞頭還有人不熟習的嗎？」看曹雪芹的作品如佚詩及《廢藝齋集稿》之類，（這裏不提《紅樓夢》，因爲它在潘先生理論中是「被告」，不能作證。）再加上他的朋友對他的推崇，至少他也是一個敏感的人，爲什麼他對「風月」兩個字毫無所覺呢？而脂硯齋也竟糊塗到這種地步，還要「故仍因之」呢？

我的答覆是，可能曹雪芹、脂硯齋根本沒有反抗清朝的意識，所以他們並無感覺，否則《紅樓夢》中觸犯忌諱的字句，何止「風月」一詞，但是經過曹雪芹、脂硯齋增删多次，爲什麼在原書中都保存不動呢？余先生附帶又提到「大陸上曾發現署名曹霑的筆山，底面刻句曰：『高山流水詩千首，明月清風酒一船』，這是曹雪芹名霑的唯一實物證明。（見周汝昌〈紅樓夢及曹雪芹有關文物一束〉。）所以曹雪芹和明月清風這個詞頭本有直接而密切的關係。」其實，明月清風本是文章中常用的語言，沒有人和它沒有關係的。可是它或含隱射，或不含隱射，卻是要因人而異的。至於這個筆山的可靠性，我早在周汝昌未發表文章以前，已經考慮過。幾年前，羅慷烈先生以廣東收藏家何君所拍攝的照片見贈，我不敢斷定他的眞僞，曾託羅先生詢問此一筆山發現的來歷，結果得不到明確的答覆。我想這一筆山的眞實性，遠不及《廢藝齋集稿》，有較清楚的來歷。

二、關於《紅樓夢》的思想問題

《紅樓夢》的思想問題，余先生提出了「關於曹雪芹的漢族認同感」的看法。他說：

> 我想曹家雖然是從龍入關，並屬於正白旗，但到了曹雪芹這一代，由於屢經政治風波，家業消亡，未嘗不感到奴才之難做。（旗人對皇帝例自稱「奴才」。）……曹雪芹已十分明確的意識到他自已本是漢人。而他又生值清代文字獄最深刻的時代，眼看到許多漢族文士慘遭壓迫的情形，內心未嘗不會引起一些激動。這種激動自然不會達到「反清復明」的程度，但偶而對滿清朝廷加以譏刺則完全是可能的。曹雪芹因家恨而逐漸發展出一種「民族的認同感」，在我看來，是很順理成章的心理過程。許多現代的紅學家因拘於曹雪芹是旗人的事實，從來不肯往這一方面想。好像以爲曹家這一系早已數典忘祖，而曹雪芹自已也必然是站在滿清一邊的。事實上以曹雪芹之敏銳，他不致於對當時文字獄所表現的滿漢衝突毫無感應。然而今天的紅學家寧可強調曹雪芹的反封建意識，強調曹雪芹是貴族階級的叛徒，卻不願設想曹雪芹固有可能發展了某種程度的反滿的意識。其實反封建、叛階級是我們今天的觀念。這些觀念對於曹雪芹而言，遠不及反滿和同情漢族來得具體而眞實。《紅

樓夢》中有許多控訴當時上層社會的話，這是不爭的事實。這些所謂「反封建」或「叛階級」的思想應該是作者目睹自己貴族大家中種種黑暗和險惡而發生的。但是《紅樓夢》也確實有些可疑的字句。如「大明角燈」及芳官改名耶律雄奴（匈奴）的故事，未嘗不可解釋爲對滿淸的譏刺。自傳派紅學家遇到這種地方便有些含糊支吾，無所措手足。他們也知道這些字句可疑，但又不願說雪芹反滿，因此只好不了了之。（最明顯的如吳恩裕對於「大明角燈」的問題的態度，見《有關曹雪芹十種》；頁一二六及一五七至一五八，俞平伯對「耶律雄奴」問題的持疑，見《紅樓夢研究》，頁九三至九四。）我不明白，爲什麼要說曹雪芹有勇氣反封建、叛階級，而獨不承認他有勇氣叛滿歸漢？

余先生這番話，可以說是很平心，很細心觀察體認得來的。雖然他在附記中聲明此文寫成以後，看到吳恩裕的「曹雪芹的故事」，說吳恩裕早已指出曹雪芹有反滿的思想傾向。我認爲這是用思的暗合，正不妨分途發揮。不過余先生引用靖本《紅樓夢》第十八回一段批語，作爲曹雪芹具有某種程度反滿意識的印證，我卻認爲根據很不堅固。這段脂評的全文：

孫策以天下爲三分，衆才一旅；項籍用江東之子弟，人唯八千。遂乃分裂山河，宰割天下。豈有百萬義師，一朝卷甲，芟夷斬伐，如草木焉！江淮無崖岸之阻，亭壁無藩籬之固。頭會箕斂者，合從締交；鋤耰棘矜者，因利乘便。將非江表王氣，終於三百年乎！是知並吞六合，不免轘（軹）道之

> 災，混一車書，無救平陽之禍。嗚呼，山岳崩頹，既履危亡之運；春秋迭代，不免去故之悲。天意人事，可以淒滄（愴）傷心者矣！大族之敗，必不致如此之速；特以子孫不肖，招接匪類，不知創業之艱難。當知瞬息榮華，暫時歡樂，無異於烈火烹油，鮮花着錦，豈得久乎？戊子孟夏，讀虞（庾）子山文集，因將數語繫此。後世子孫，其毋慢忽之！

余先生接着表明他的看法說：

> 周汝昌說得很對，如果只是一家一族之事，就不會引錄像庾信〈哀江南賦〉序文中的那樣的話了。所以此批還是很值得注意的。……據我的看法，批者引庾子山〈哀江南賦〉序，序有「將非江表王氣，終於三百年乎」之語，並深致感慨，應該是指朝代興亡而言的。如所測不誤，則這段批語就很可能暗示明亡和清興。批語所云：「大族之敗，必不致如此之速；特以子孫不肖，招接匪類，不知創業之艱難。」合起來讀，很可以附會明代的終結。至於批語下截，說「當知瞬息榮華，暫時歡樂，無異於烈火烹油，鮮花着錦，豈得久乎？」則也可以解釋爲對滿清未來命運的一種判斷或警告，至於出於善意，抑或惡意，那就無法確定了。此批寫於戊子，即乾隆三十三年，距雪芹之死才五、六年（壬午，一七六二或癸未，一七六三）。照年代看，此批應出畸笏之手。（見周汝昌《新證》，頁五四一至五四七）無論畸笏和脂硯是一是二（此點紅學家意見不同），總之批者和曹雪芹在思想上是頗有契合之處的一個人。因此，這個長批也可以加強我們對於曹雪芹具有某種程度反滿意識的猜想。

根據靖本這一批語，來推斷曹雪芹的思想，我想未必可靠。最顯著的事實是庚辰本第五十二回末頁的脂評❻，說只聽自鳴鐘已敲了四下，是避諱的寫法。但是全書矛盾的現象很多，可見脂評的說法不能作準。不過儘管脂評的說法不能作準，而余先生關於曹雪芹漢族認同感的構想，還是值得考慮的。我以前也留心到曹雪芹的祖父曹寅，他不獨漢學修養湛深，而且交遊廣濶，當代名士和他往還的極多，甚至於風骨嶙峋的明室遺民，如陳恭尹、杜濬、杜岕兄弟等，都和他詩文題贈，頗有交誼。他又時時發爲聲歌，表彰明代的忠臣義士。劉廷璣《在園雜志》卷三頁二十一❼云：

曹銀台子清寅爲填詞五十餘齣，悉載明季北京之變，及鼎革顛末，極其詳備，一以壯本朝兵威之強盛，一以感明末文武之忠義，一以暴闖賊行事之酷虐，一以恨從僞諸臣之卑汚。遊戲處皆示勸懲，

---

❻胡適近著第一集，〈跋乾隆庚辰本脂硯齋重評石頭記抄本〉：「此本有一處註語最可證明曹雪芹是無疑的《紅樓夢》的作者。第五十二回末頁寫晴雯補裘時：『只聽自鳴鐘已敲了四下。』下有雙行小註云：『按四下乃寅正初刻。寅此樣寫法，避諱也。』雪芹是曹寅的孫子，所以避諱寅字。」但庚辰本第二十六回云：「衆人都看時，原來是唐寅兩個字。都笑道：想必是這兩字，大爺一時眼花了也未可知。」可見脂評的話，並非確論。

❼轉引自周汝昌《紅樓夢新證》頁二七二。

以長白爲始終，仍名曰虎口餘生，構詞排場，清奇佳麗，亦大手筆也。

從這類的事實，可以看出曹家這一系並未數典忘祖，更可以作爲「漢族認同感」的證明。不過，我仔細玩味《紅樓夢》本書，發現它的作者對賈府的惡意仇視，時時流露於字裏行間。作者在書中反覆指點眞假，以賈府影射僞朝。僞朝穢德昭彰，所以賈府「除了兩個石頭獅子乾淨，只怕貓兒狗兒都不乾淨。」（第六十六回）作者又從寶玉口中發出一番議論說：「除明明德外無書。」（第十九回）這分明是作者嚴肅的表明態度，明朝纔是正統，除此之外便是國賊。所以他極力抨擊讀書上進的是國賊祿蠹（第三十九、第十六回）。否則以寶玉爲人，他最欣賞的書應該是《西廂記》、《牡丹亭》，爲什麼最崇拜的會是《大學》？就算他最崇拜《大學》了，爲什麼不說「除《大學》外無書」，而偏要說「除明明德外無書」！作者極力攻擊「賈府爬灰的爬灰，養小叔子的養小叔」，正是譏罵清宮文太后下嫁睿親王多爾袞的醜事。像全書流露出來的作者意識、情緒、口吻，都是對異族有極強烈的仇恨，很不符合曹家和淸帝的關係，況且曹寅的行動，與清帝鎭撫漢族的策略並無牴觸。他與遺老名士相結納，暗中有監視的作用。他寫文章表揚明代忠烈，也和清帝追贈前朝殉節諸臣有同樣的用意。至於曹雪芹的生平，和近年發現他的《廢藝齋集稿》，以及他朋友記述他的行事，更沒有仇滿的表現。所以我認爲曹家祖孫輩縱然有「漢族認同感」，仍然與《紅樓夢》原作者的身份、意識、口吻不合。

最後，余先生說：

但是《紅樓夢》中偶有諷刺滿清的痕跡，卻並不等於回到「索隱派」的「反清復明」理論，「反清」或「刺清」在《紅樓夢》中只是作者偶然的插曲而存在的，它絕不是《紅樓夢》的主題曲。《紅樓夢》第一回明說所記爲作者「親覩親聞的幾個女子」，又說「亦不過實錄其事」。索隱派如果堅持《紅樓夢》是「反清復明」的血淚史，那就必須把《紅樓夢》的全部或至少一大部份加以「實錄」化。換句話說，他們必須另編一部晚明抗清史來配合《紅樓夢》的整個故事的發展。這部歷史縱不能與《紅樓夢》脗合無間，至少也應該是大體無訛。這並不是我們特別對「索隱派」苛求，而是「索隱派」的基本假設非如此卽不得謂之證實。在這一點上，「索隱論」的處境比「自傳說」還要困難。因爲「自傳說」只牽涉到曹家一姓的興衰史。一家一姓的史料容易散失，證據較難。儘管如此，周汝昌的《新證》已可謂做到差強人意的地步，雖然「自傳說」的內在矛盾也不免因此而暴露。而「索隱派」的題目則來得至大無外。它涉及了十七世紀全部漢族的被征服史。我們今天雖不能說對晚明時代漢人抗清的事實知道得巨細無遺，但重大的事件和人物總是有文獻可徵的。「索隱派」至少也該有一部像周汝昌《新證》這樣的論著纔能和「自傳說」分庭抗禮。否則在數十萬言的大書中找出幾十條「索隱」是不能證明什麼問題的。錢靜方說得好：「此說旁徵曲引，似亦可通，不可謂非讀書得間。所病者擧一漏百，寥寥叙、黛數人外，若者爲某，無從確指。」

(〈紅樓夢考〉，見《紅樓夢卷》，第一册，頁三二六) 所以，我認爲，與其誤認「反淸復明」爲《紅樓夢》的主題曲，並因此而不得不剝奪曹雪芹的著作權，倒不如假定曹雪芹在窮途潦倒之餘逐漸發展了一種漢族認同感，故在《紅樓夢》中偶而留下一些譏刺滿淸的痕跡。但是這個假定究竟能否得到證實，那就要由未來的硏究和新資料發現的情況來決定了。

照余先生的說法，根據第一回明說所記爲作者「親覩親聞的這幾個女子」，又說「亦不過實錄其事」，那就必須要把《紅樓夢》的全部或至少一大部份加以「實錄」化。因此，「自傳說」牽涉到曹家一姓的興衰史，而「索隱論」者必須另編一部晚明抗淸史來配合《紅樓夢》的整個故事的發展。這部歷史縱不能與《紅樓夢》脗合無間，至少也應該是大體無訛。在我的看法，和余先生有根本不同。《紅樓夢》第一回的發端說：「此開卷第一回也。作者自云曾歷過一番夢幻，故將眞事隱去，而借通靈說此《石頭記》一書。」這段話分明說作者將眞事隱去，而借通靈寶玉，用假語村言敷衍出一部兒女言情的小說。他既不是一部歷史，何需事事脗合。他用隱語傳達眞事，所以雖將眞實隱去，但仍是「不敢稍加穿鑿，至失其眞」。作者是十七世紀時的漢人，在那時代的漢人，最眞實而強烈的意識，乃是反滿復明。這部書最主要的目標之一，便是要斥責僞朝文太后下嫁多爾袞的穢事，故書中一再毒罵賈府養小叔的醜事。雖然淸廷極力隱諱，而漢人業已紛紛傳說，如明遺臣張煌言的〈建夷宮詞〉，臺灣延平嗣王鄭元之的〈續滿州宮詞〉，當時都盡情譏詈，作者把這類事實，隱藏指示給我們同胞，以一個倫理觀念極重的民族，揭發了統治我們的夷狄的「禽獸之行」，這將激起精神上的反抗力量多麼大！作者只需將這些重要觀念沁入到這部動人的言情小說之中，便算達到宣傳的目標，收到反清的效果。在十七世紀我們漢族受制於異族的時代，民族沉痛、民族仇恨塞滿了那時期的漢人的胸膛；所以反清復明的思想，是那時代思想的主流，遠超過反封建、反禮教等等的意識。我們從朝鮮人那時代的著作，便可以得到明白確鑿的證據（請參閱拙稿〈研究紅樓夢的新觀點和材料〉，香港《大人》雜誌十五期，一九七一年七月。又收入《紅樓夢新辨》，頁二一二至二三四）。所以作者在構造的小說中，運用巧妙的暗示，便可使讀者撥觸着設計的機關，聽到作者冥冥中的呼喚，興起敵愾同仇的意志。好像偷運金甑的人，他巧妙地藏進一艘裝運米糧的船隻中；他只須接運的人，認識得那艘米船，能懂得藏金位置的暗號，他便可達成偷運金甑的目的。他無需考證米船的形式和裝米的數量，以及米質的品類和價格。像余先生引錢靜方所說的：「所病者舉一漏百，寥寥釵黛數人外，若者爲某，若者爲某，無從確指。」便是誤會《紅樓夢》是康熙朝的政治史，纔有考證米船，迷失金甑的現象。我在《紅樓夢新解》陳述這部小說的成因，說：「第一，由於文學的背景，作者憑藉中國文字傳統的隱藏藝術，可以巧妙靈活加以運用，故有構成《紅樓夢》這部隱書的可能。

第二，由於時代的背景：作者鑒於異族箝制思想的嚴密酷毒，他非巧妙的運用這種隱藏藝術不能達到『眞事』流傳的目的，故有構成《紅樓夢》這部隱書的必要。他必須選擇一個大衆愛好的題材，他必須完成一部舉世傾倒的傑作，然後纔能風靡一時，不脛而走；然後纔能膾炙人口，百讀不厭。他要人愛好既深，玩味既久，誦習既熟時，像劉老老撞進怡紅院，猛然碰到作者佈置的機關，便自然認識到作者苦心的結構。眞所謂『蓮子心中苦，梨兒腹內酸』，他的酸苦是深深地隱在甘甜之中的。」因爲我看《紅樓夢》是黑暗時代鐵幕當中產生的一部小說，而不是一部歷史，自然不須寫一部「像周汝昌《新證》這樣的論著」。在鐵幕控制下的一部小說，能向同胞們發出幾聲反抗異族的呼號，這不是「舉一漏百」，而是經過搏鬪、反抗傳出來嗚咽凄厲悲壯的動人心絃的呼喚。我們能責備他們不公開發表「討滿洲檄文」嗎？我們讀了《紅樓夢》，固然要尊重曹雪芹刪改的事實，我們更應該維護原作者的著作權和他血心流注的民族精神！我讀了余先生的文章，雖然不能溶化我的疑團，但自我和胡適之先生討論以來，主張自傳說的紅學家，承認《紅樓夢》有「深惡異族的統治」和「對滿清朝廷加以譏刺」的意識的，似乎只有余先生和吳恩裕先生，我也很希望有新的研究和新的資料發現，來解決這一個問題。

附錄

近年的紅學述評

陳炳良

在中國文學史上，《紅樓夢》可說是一本奇書。在它的作者曹雪芹（這是根據通行的說法）未去世時，它的鈔本已流傳在作者的親友之間。等到它的第一次刊本流傳以後，它受到廣大的歡迎，故西清說：「《紅樓夢》始出，家置一編。」❶楊恩壽說：「《紅樓夢》爲小說中無上上品。」❷有人還把「紅學」和「經學」混爲一談❸。又有人寫了「開談不說《紅樓夢》，縱讀詩書也枉然」的〈竹枝詞〉❹。這都可以證明讀者對它是如何的愛好。事實上，

❶ 一粟編：《紅樓夢卷》（民國五十二年），頁一三。
❷ 同上書，頁二五。
❸ 同上書，頁四一五。
❹ 同上書，頁三六四。

它的故事實在感人肺腑，所以很多讀者都有題詠。最早的要算是明義的〈題紅樓夢〉二十首。這組詩的最末一首可能是寫作者曹雪芹的身世：

饌玉炊金未幾春，王孫瘦損骨嶙峋，青蛾紅粉歸何處，慚愧當年石季倫❺。

但談到《紅樓夢》的文學技巧的便要算永忠的〈因墨香得觀《紅樓夢》小說弔雪芹三絕句〉了。這三首詩說：

傳神文筆足千秋，不是情人不淚流，可恨同時不相識，幾回掩卷哭曹侯。

顰顰寶玉兩情癡，兒女閨房語笑私，三寸柔毫能寫盡，欲呼才鬼一中之。

都來眼底復心頭，辛苦才人用意搜，混沌一時七竅鑿，爭教天不賦窮愁❻。

第一首是從整個故事來說。第二首是指描寫筆法。第三首談及材料的剪裁。從這三首詩來看《紅樓夢》的整個創作過程，可見作者首先搜集資料，再加安排，然後下筆，最後再加刪削潤飾。很多批評家都說《紅樓夢》的文字好，這主要是因爲在對話方面每個人的口吻都能和他的身份相配❼。而且在超過四百個人物裏面，故事發展得有條不紊，這也可以見得作者在

❺ 同上書，頁一二。

❻ 同上書，頁一〇。

❼ 參考徐訏和石堂的討論，見徐訏：《懷璧集》（九龍，正文出版社，民國五十二年）。

寫作技巧上的過人之處。當然，一本作品並不會受到每一個人的讚賞。前些年，蘇雪林女士就把《紅樓夢》評得一文不值。她認爲曹雪芹「只是一個僅有歪才並無實學的紈袴子，《紅樓夢》也只是一部並未成熟的文藝〔作〕品。」「這部脂硯四閱八十回原本《紅樓夢》，別字連篇，造句常不自然，遣詞多輕重失當，有幾回寫得更壞，簡直瘢疵累累，傷痕遍體，令人不忍卒睹。」又說：「以文筆論，前八十回通靈寶玉與絳珠仙草的一段因緣，頗覺奇詭可喜，若干詩詞也寫得不壞，惟前者，我懷疑它另有來歷，後者則又疑其是雪芹好友敦敏、敦誠等人代爲潤色的，除此以外只是一些滿州貴族生活的實錄而已，有了這種特殊生活經驗，而又勉強提起筆的人，總可以寫得出，並沒有什麼稀奇。」[8]她的批評可算辣。她用兩個「疑」字，便把它的可取之處一筆勾消。一般人都認爲口語的運用是曹雪芹的一大成就，但她卻把它貶成是曹的「倖致」。她說：「《紅樓夢》的體例也並不純粹，或乞靈於文言，或乞靈於舊式小說，但他用文言既常鬧蹩扭，學舊式小說也並不爽利，實在沒法，只有乞靈於口語，這便是所謂『京白』。《紅樓夢》之所以尙有一點長處，便在運用『京白』這一點上。不過這因作者文白兩途都走不通，才調動口語這個頭寸來週轉，並非他明白口語的優點

---

[8]《試看紅樓夢的眞面目》（臺北，文星書店，民國五十六年）頁一一七至八，一二二。

才來運用的。這只能算是曹雪芹意外的收穫，並不是他對於口語文學眞正的貢獻。」❾她的批評似乎不能引起共鳴，胡適先生認爲「那是最不幸的事。」❿更不幸的是在一九六七年蘇女士在〈試看紅樓夢的眞面目〉還保留這麼的一句話：「現在聽了胡『適』先生〔批評曹雪芹的文筆並不怎樣高，還不及蒲留仙《醒世姻緣傳》〕的話，深慶自己的見解竟和大師不謀而合」⓫這句話給讀者一個錯覺，以爲胡適先生也同意她的見解。本來，每一讀者都有批評作品的權利。你可以說莎士比亞不通，因爲英國學生讀他的作品也感覺吃力。他也可以說魯氏的雜文晦澀，再雜上從英語和德語來的「費厄潑賴」「奥伏赫變」等詞句，更使讀者莫明其「土地堂」。但我們不能亦不必強別人接受自己的說法。還有，我們的見解，儘管可以很新穎，但總要有一個理論或標準作爲根據。不然的話，縱使當時能引起人們的注意，到後來，還是給詩人作「爾曹身與名俱滅」的詠歎。

《紅樓夢》在清代當然也受到惡評，有些人說它是誨淫的書，所以當他們曉得曹家後人

---

❾ 同上書，頁一三六。

❿ 胡適：〈關於紅樓夢的四封信〉，轉引自劉心皇：《從一個人看文壇說謊與登龍》（臺北，自印本，民國五十二年），頁一。

⓫ 《試看紅樓夢的眞面目》，頁一二五。

因參加暴亂被刑，便覺得這是因果報應[12]。又有些衞道之士，如玉麟之流，禁止他的流傳[13]。有些人一面喜歡這本小說，一面又存有不願見到男女戀愛的傳統觀念，於是他們用以前經學家解《詩經》的辦法，把戀愛故事傅會到歷史方面。例如：葉德輝引了一個說法：「《紅樓夢》是寫納蘭家事的。」周春卻認爲它是「序金陵張侯家事」[14]。這可說是日後索隱派的舊紅學的開端。

這一派的紅學是要找出隱藏在《紅樓夢》故事背後的眞實事蹟。因爲他們認爲整個故事是個謎，作者因礙於當時政治環境，所以用愛情故事來寄託他要寫的本事。這種文學遊戲，在中國文學史上並不新鮮。如經學家對《詩經》的解釋，張惠言對溫庭筠詞的解釋、和馮浩對李商隱詩的解釋。這派學者，把他們的見解寫成專書的當推清末的孫渠甫最爲早。他的書名叫《石頭記微言》。他主張它是「勝國頑民怨毒覺羅者所作」[15]。一九一六年王夢阮和沈瓶庵出版了他們的《紅樓夢索隱》。（王氏先在一九一四年把這書的提要發表在《中華小說

---

[12] 《紅樓夢卷》，頁一五至一六。

[13] 同上書，頁三六七，又參考頁三六三，三六五。

[14] 同上書，頁一六，六六。

[15] 見一粟編：《紅樓夢書錄》，頁二〇二至二〇三。

界》。）他們主張《紅樓夢》「全爲清世祖與董鄂妃而作，兼及當時諸名王奇女。」⑯由於這個見解，所以他把這本小說的寫作日期提早到康熙中葉，同時認爲曹雪芹只是修訂這本小說的人，他爲了避免該書被禁，所以一再修訂，「俾愈隱而愈不失其眞。」⑰到一九一七年，蔡元培出版了他的《石頭記索隱》。（茅盾據壽鵬飛的《紅樓夢本事辨證》的序文，認爲蔡的書一定在一九一一年前已寫好⑱。他的主張是：「《石頭記》者，清康熙朝政治小說也。作者持民族主義甚摯，書中本事，在弔明之亡、揭清之失，而尤於漢族名士之仕清者寓痛惜之意，當時既慮觸文網，又欲別開生面，特於本事以上，加以數層幛幕，使讀者有橫看成嶺側成峯之狀況。」⑲他認爲書中紅字代表朱明，女子多代表漢人，男子多代表滿人，寶玉是傳國璽的意思等等。他又認爲黛玉影朱彝尊，寶釵影高士奇。他在《索隱》後面附錄了錢靜方的〈紅樓夢考〉。錢氏贊同它是寫納蘭家事的說法，而反對它是影射清世祖和董鄂妃

---

⑯《紅樓夢卷》，頁二九七。

⑰ 同上。

⑱ Mao Tun, "What We Know of Tsao Hsueh-chin," *Chinese Literature* 1964:5 (May, 1964), p. 99.

⑲ 蔡元培：《石頭記索隱》（香港，太平書局，民國五十二年）頁一。

的說法（孟森的〈董小宛考〉更把這說法擊破）。至於另一說法——林薛二人爭寶玉卽指允禩諸人奪嫡事，寶玉指玉璽，襲人指龍衣人卽允禎——，錢氏亦加反對，認爲書中人物的身份，不能一一確指。到一九一九年，鄧狂言出版了他的《紅樓夢釋眞》。他受到王夢阮的影響，認爲曹雪芹「增刪五次」是暗指崇德、順治、康熙、雍正、乾隆五朝的歷史，至於內容方面亦隱含反淸復明的民族意識⑳。過了八年，壽鵬飛的《紅樓夢事蹟辨證》出版。他反對曹作高續說，認爲它是「明代孤忠遺逸所作」，是一本「康熙季年宮闈秘史」，影射胤禎諸人奪嫡的史實。他主張寶玉是傳國璽，林黛玉的林字是指康熙的三十六個兒子（林字拆成十八加十八），襲人是龍衣人，是包玉璽的那張袱子，蔣玉函是藏璽的函櫝㉑。到了一九三四年，景梅九出版他的《紅樓夢眞諦》。他反對蔡、王的說法。他用明末淸初的傳說來解說《紅樓夢》㉒。隔了二十年左右，潘重規先生再次把這派紅學提出來討論。他在一九五一年在臺灣和胡適先生辯論。到一九五九年，在新加坡出版他的《紅樓夢新解》。茅盾先生說他

⑳《紅樓夢卷》，頁三三六至三三七。

㉑壽鵬飛：《紅樓夢本事辨證》（上海，商務印書館，民國十六年），頁二四、二六、二八等處。

㉒Mao Tun, op. cit., pp.100-101.

的說法是蔡元培、壽鵬飛和景梅九三人的意見的綜合㉓。試舉幾個例來說明潘說的來源：寶玉代表傳國璽；林黛玉代表明，薛寶釵代表清，林薛爭取寶玉卽是明清爭奪政權；襲人卽龍衣人，指包玉璽的袱子；蔣玉函指藏玉璽的函櫝。我不大同意潘先生的說法。他的立論方法不大合乎科學。例如他說風月寶鑑卽是明清寶鑑，證據就用呂晚村的詩㉔。但我們一不知作者會不會知道和引用呂晚村的詩，二找不到內證。很顯然潘先生的說法純粹是一個推測。原諒我作這麼一個相同的例子（analogy）：潘先生的大名不也可以牽扯上反清復明的思想嗎？潘先生的姓拆開來不是指番人的滿州嗎？他的大名不是隱日月兩個字，卽明朝嗎？我的賤名也可以解作：「陳指過去，卽懷念勝朝；炳卽丙火，卽朱明；良是艮上加一點，艮卽山，故良字是隱崇禎自縊於煤山。」我相信潘先生是不會同意我的說法的。

話說回來，潘先生並不是索隱派的殿軍。前年在臺灣杜世傑出版了《紅樓夢悲金悼玉實考》。他亦主張《紅樓夢》是寫明末清初的史實的小說。他說：悲金悼玉就是痛恨清朝追悼明亡的意思。書裏的人物有眞（代表明）有假（代表清）或陰陽兩面。如：「寶釵正面況世

㉓ Ibid., p. 101.

㉔ 潘重規：《紅樓夢新解》（新加坡，青年書局，一九五九年初版；民國六十二年，臺北文史哲出版社再版），頁八至九。

祖皇后，反面況洪承疇；黛玉正面況董鄂妃，爲假方人物；反面況董小宛，爲眞方人物；賈母應解爲賈府（僞朝）之聖母，……賈母爲史太君，明亡便是史，以史太君代表史家（亡明）太君。」㉕由於書中人物可代表男或女，漢人或滿人，又可代表一組人，所以減少了不少的比附上的困難，故秦可卿可代表明愍帝，邢岫煙可以代表反清復明的人，襲人可以代表襲擊明朝的人。

上面已經說過，每個讀者都有批評作品的權利。實際上，外國學者對於中世紀的小說也有不同的解釋。大致說來，這些解釋可分五個層次：（一）文字的（literal），（二）譬喻的（allegorical），（三）道德的（moral），（四）政治的（political），（五）神秘的（anagogical）。只要那些批評能夠自圓其說，我們何妨拿來參考參考。《紅樓夢》的幾個不同題目也可以說是給讀者一個暗示：這本書可以有幾種解釋的。我認爲「金陵十二釵」是文字上的解釋，「紅樓夢」是譬喻的解釋，「風月寶鑑」是道德的解釋，「石頭記」和「情僧錄」是神秘的解釋。我又認爲索隱派的解釋是政治的解釋。他們的說法的出現或多或少和當時的政治和社會有點關係。最初的說法出現在崇尚禮教的清代社會。蔡元培的書在辛亥革

㉕ 杜世傑：《紅樓夢悲金悼玉實考》（臺中，自印本，民國六十年），頁八。

命時代寫成，我們知道蔡是光復會會員㉖，所以他在書中提出民族主義。景梅九的書在日本加緊侵華的時期出版，所以他說：「蓋荒者亡也，唐者中國也，荒唐者，卽亡國之謂。……今後之同胞，何拒何容，何去何從；或死或生，或辱或榮，其所以自擇自處之分位均在『紅樓』一夢中。」㉗潘重規先生的說法出現在反共抗俄的時代，所以李辰冬先生說：「此時此地，潘先生能以『無比的民族仇恨，無比的民族沈痛』來發揚《紅樓夢》的深意，用意至爲正大。」㉘杜世傑先生的說法出現在中共入聯合國和提倡文化復興運動以後，所以他講眞僞，講禮敎。我總覺得他們的說法有點因時傅會，當時代過去了，他們的說法能不能繼續被大部分讀者所接受，實在是未知之數。以前的學者用索隱辦法來解釋《詩經》、溫庭筠詞和李商隱詩，因爲篇幅短的關係，比較容易；如果我們也用這方法來解釋這部長篇小說，便不大容易了。此外，下面幾個有關作者的問題，我們也應當考慮。

(一)如果曹雪芹不是作者，那末永忠和明義的詩，脂硯齋「書未成，芹爲淚盡而逝」

㉖ 見鄭學稼：《魯迅正傳》（香港亞洲出版社，民國五二年），頁一五。

㉗ 《紅樓夢書錄》，頁二一八。

㉘ 李辰冬：《紅樓夢研究》（臺北，新興書局，民國四十七年），頁一四九。

那句話和許多「曹雪芹是作者」的記錄，我們怎樣去解釋呢？

（二）如果曹雪芹不是作者，那末，原作是不是存在曹寅處呢？他那時出版很多書籍，爲什麼不出版這本書呢？是不是有礙語呢？又根據吳相湘先生的考證，曹寅是康熙帝派到南方去搜集情報的「特務」㉙，他會不會保存這本小說呢？

（三）如果曹雪芹刪去礙語，使事蹟更爲隱晦，他會不會自認或不否認他是作者或修訂者呢？

（四）如曹雪芹不是作者，那末別人爲什麼要「嫁禍」給他呢？如果作者是避免文字獄，爲什麼修訂者要提到曹雪芹的名字，難道他不知道文字獄可以株連很廣的嗎？

（五）曹家做了幾代「奴才」，爲什麼忽然有人要流布這反清小說呢？

（六）曹雪芹「刪書」時，正是窮途落魄，絕想不到程偉元和高鶚會替他印行這本小說。我們怎可以說他特別用「庭幃之事，淺俗之語」以便把反滿思想流行在非知識分子之間呢？

（七）散文和詩都可以宣揚民族主義，曹雪芹或其不知名的作者爲什麼要採用長篇小說

㉙ 吳相湘：〈清宮檔案中所見曹雪芹先世事蹟〉又，〈清故宮藏曹寅李煦等奏摺選錄〉，都收入《紅樓夢考證》（臺北，遠東圖書公司，民國五十年），頁五八至一〇〇。

的形式來達到這目的呢？用小說作爲宣傳工具是梁啓超提出的㉚，我們怎可以說在康熙時代已有這個思想呢？至於用鄭思肖和謝臯羽來比況《紅樓夢》的作者可說「擬於不倫」，因爲前兩人都明明白白地把他們的意思寫出來，而後者的反抗意識要靠學者們轉譯。

（八）在「修訂」《紅樓夢》時，曹雪芹是不是預計他的讀者對明末清初史實都了了於胸？（袁枚和俞樾這兩個大學問家對曹家歷史已不大清楚，我們能希望那些讀者像讀電報號碼書一樣把《紅樓夢》故事繙作別的故事嗎？）

總之，索隱派的作者如要建立一個新的說法，還要繼續花一些工夫，否則，便難怪人家說他們是在「笨猜謎」了。（潘重規先生在《紅學五十年》提及他和胡適的辯論，他說：⑴胡的自傳說法不能成立，⑵後四十回並不是高鶚所作㉛。我認爲胡的說法即使不能成立。但並不表示潘先生的說法即可成立。因爲汪立顯女士最近提到這次辯論㉜，所以我把我的意見附在這裏。）

現在讓我們來談談考證派的新紅學。奠立這一派紅學的人就是胡適先生。他在一九二一

㉚ 參考朱眉叔：《梁啓超與小說界革命》。

㉛ 潘重規：《紅學五十年》（香港，香港中文大學新亞書院中文系，一九六六），頁五至九。

㉜ 汪立穎：〈誰『停留在猜謎的階段』？〉《明報》月刊，七十四期（一九七二年二月），頁二九。

年發表〈紅樓夢考證〉，得到下面的結論：⑴《紅樓夢》的著者是曹雪芹；⑵曹雪芹是曹寅的孫子，曹頫的兒子；⑶曹寅死於康熙五十一年，曹雪芹大概生於此時或稍後；⑷曹家曾接駕四次；⑸《紅樓夢》是曹雪芹破產傾家後所寫的，約在乾隆初年到乾隆卅年左右，書未成而曹先死了；⑹書中的甄假寶玉，即曹的化身；⑺後四十回是高鶚所補㉝。其後，很多學者都向這方面作更深入的研究，最有成績的是：俞平伯先生，有《紅樓夢辨》（後改爲《紅樓夢研究》）；周汝昌，有《紅樓夢新證》；吳世昌先生，有《紅樓夢探源》（On the Red Chamber Dream: A Critical Study of Two Annotated Manuscripts of the 18th Century），和趙岡、陳鍾毅夫婦，有《紅樓夢新探》（它是《紅樓夢考證拾遺》的增訂本）。其中俞平伯先生的書，因受到中共的批判，所以很受讀者注意。關於俞平伯事件，已有人評論㉞，我在這裏只作一個綜合的敍述。這事件的原因不外⑴要文藝工作者接受歷史唯

㉝ 胡適：〈紅樓夢考證〉，《胡適文存》（臺北，遠東圖書公司，民國四十二年），第三冊，頁五七五至六二〇。

㉞ 參考村上哲見（Murakami Tetsumi）〈關於紅樓夢研究批判討論的經過和論點〉，中國文學報，第二冊（一九五五年四月），頁一六二至一八二。趙聰：《俞平伯與「紅樓夢」事件》（香港，友聯出版社，一九五五）。楊燕南：《中共對胡風的鬬爭》（香港，自由出版社，民國四十五年），頁一至一一。Jerome B. Grieder, "The Communist Critique of Hung Lou Meng," Papers on China (Harvard University) Vol. X (Oct., 1956), pp. 142-168.

物文藝批評論和古爲今用的政策，⑵要打擊主張主觀主義和用藝術良心代替黨性原則的胡風集團，⑶要消除所謂胡適的崇拜美國和自由主義的思想。他們這次批判兪平伯先生可算是借題發揮，所以首先發起攻擊兪平伯先生的李希凡和藍翎兩人也不能不承認新紅學的成就㉟。他們批評兪平伯先生主要是因爲他主張：⑴寶玉貧窮後出家，⑵釵黛合一，⑶《紅樓夢》多微言大義，⑷《紅樓夢》是曹雪芹自傳，⑸用「色」「空」觀念來解釋《紅樓夢》。這些主張都和社會的寫實主義的觀點不同。李、藍主張⑴階級鬪爭。釵黛合一便沒有鬪爭。⑵《紅樓夢》不是寫個人，而是寫封建社會崩潰的必然性。⑶寶玉代表「新人」的萌芽，所以「貧窮出家」的說法是對寶玉的誣衊。至於「微言大義」和「色空」更和寫實主義格格不相入。中共對兪平伯先生的批判，連左派文人曹聚仁也有微詞。他說：「其實，胡適、兪平伯、周汝昌所做的，乃是關於《紅樓夢》史料的考據，這和一切政治觀點、社會觀點、或哲學觀點都不相干的。稱之爲唯物的，固屬可以，說他們是唯心的，更是風馬牛不相及。……舊的紅學，對於《紅樓夢》有種種附會，……而解放派紅學家如李希凡、藍翎諸人，說：『《紅樓

㉟ 李希凡、藍翎：《紅樓夢評論集》，民國四十六年。

夢》揭示階級社會本質的矛盾和鬪爭，眞實地反映了封建社會即將崩潰的本身，把高度發展了的封建社會現實生活中的基本矛盾，完整而深刻地揭露出來。』也同樣地附會得可笑。」㊱

綜而言之，考證派的新紅學到現在的階段還留下幾個未解決的問題：

（一）曹雪芹生在那一年？死在那一年？

（二）脂硯齋，畸笏叟是誰？

（三）後四十回是不是高鶚的續作？

（四）版本的系統是怎樣的？

這些問題的最後解決，仍有待於日後新材料的發現。此外，還有一個問題。很多紅學家都用小說裏的故事來探索曹雪芹的生平，這辦法並不怎樣保險。即使我們認爲小說是曹的自敍傳，但曹會不會張冠李戴，或虛構人物和故事情節呢？這當然是極可能的事。所以當我們把曹家和賈家的人物配對兒的時候，不能強爲傅會。

從文學觀點來說，以上兩派的紅學所討論的問題，只是傅漢思（Hans H. Frankel）

㊱ 曹聚仁：《新紅學發微》（香港、新加坡，創墾出版社，一九五五），頁九七至九九。

先生所說的「枝節問題」(marginal problems)㊲。卽使我們能解決這些問題，我們也不能從這些答案看到《紅樓夢》在文學上的價值。

在中國文學還未受到西洋文學的影響之前，中國文人對詩文的批評多注重在遣詞和造句兩方面。當談及小說時，他們只粗略的說某作者文字流暢，或小說裏的人物造型各盡其妙；對於小說的結構，技巧等都沒有加以討論，這當然是不夠的。在這裏，我試舉一個例。潘重規先生在〈怎樣讀紅樓夢〉提出「『切』、『慢』、『細』三個字來做爲讀『紅樓夢的三字訣』」㊳所謂「切」，大概和梁啓超的「薰、浸、刺、提」㊴差不多。所謂「慢」，是要讀者慢慢的欣賞《紅樓夢》的文字。他說：「《紅樓夢》的語言，是極優美，極自然，極乾淨，極瀏亮的語言。」㊵所謂「細」，是要讀者細心的去觀察小說裏的人物描寫。他說：

㊲ Hans H. Frankel, "The Chinese Novel: A Confrontation of Critic-al Approaches to Chinese and Western Novels," *Literature East and West* 8:1 (1964), pp. 2-5.

㊳ 《紅樓夢新解》，頁一二一。

㊴ 梁啓超：〈論小說與群治之關係〉，《飲冰室文集》（臺北，中華書局，民國四十九年），卷一〇，頁六至一〇。

㊵ 《紅樓夢新解》，頁一二三。

「他〔指作者〕描寫的人物，個個是眞的，個個是活的，個個是有個性的。」㊶

其實，早幾十年，王國維已經用西方文藝理論來評論《紅樓夢》了。可惜的是：我國人不大喜歡這一套罷了。王國維用叔本華（Schopenhauer）的哲學來讀《紅樓夢》。他認爲它是徹頭徹尾的悲劇。他又認爲書中的主角「以生活爲爐，苦痛爲炭，而鑄其解脫之鼎。」所以他的解脫是悲感的，壯美的，文學的㊷。跟着，太愚（卽松菁，據曹聚仁說，亦卽王崑崙）㊸出版了《紅樓夢人物論》。至於其他討論《紅樓夢》的文章和專書也多以人物做對象。它們都像兪平伯先生所說的：「他們以爲處處都有褒貶，最普通的信念是右黛而左釵，社會最喜歡有相反的對照，戲臺上有一種紅面孔，必跟着個黑面孔來陪他，所謂『一臉之紅榮於華袞，一鼻之白嚴於斧鉞。』在小說上必有一個忠臣，一個奸臣。」㊹有些批評家爲了要使某一人物成爲一個純粹好人或壞透的人，他們便斷章取義或曲解原文來達到他們的目的。舉例來說：在大陸的批評家都把寶玉和黛玉當作正面人物。蔣和森先生認爲黛玉是「舊

㊶ 同上，頁二二五。

㊷ 王國維：〈紅樓夢評論〉，《紅樓夢卷》，頁二五五，二五二。

㊸ 《新紅學發微》，頁九七。

㊹ 轉引自《兪平伯與紅樓夢事件》，頁一二。

時代低氣壓下的一閃電光」㊺。甚至在臺灣的梅苑女士也百般的替黛玉的缺點辯護。她說：「黛玉的孤僻、小心眼、恃才傲物，言談尖酸刻薄，這是她的缺點。這些缺點的造成，是因爲她有一份單純率直的性格，……率直不是一種過失，但最好能出語不傷人。至於她的恃才傲物，我不忍獨責於她。」㊻至於寶釵呢，她可慘了，她給人罵得一塌糊塗。陳修武先生說她用性感來誘惑寶玉㊼。梅苑女士因寶釵在二十七回用了金蟬脫殼計把她大罵一頓：「因爲她明知道小紅是一個頭等刁鑽古怪的丫頭，不好冒犯她。爲什麼不乾脆想一個與他人無涉的『金蟬脫殼』法，而要找一個替身？把無辜的黛玉牽進是非圈裏，這手法太陰險了！能說她是無心的過失嗎？爲什麼她不喊迎春？探春？惜春？卻偏喊黛玉？讓小紅不懷疑她，反懷疑黛玉：…黛玉後來不能結好於鳳姐，我想：小紅有重大的毀謗嫌疑。寶釵可以說一舉兩得，坐收漁人之利，她的處世手段眞的太高明，也太卑鄙了！」㊽直至目前爲止，只有在大陸的

㊺蔣和森：《紅樓夢論稿》，頁四三。

㊻梅苑：《紅樓夢的重要女性》（臺北，商務印書館，民國五十六年），頁四四。

㊼陳修武：〈讀紅樓夢雜記〉，載在《紅樓夢研究集》（臺北，幼獅月刊社，民國六十一），頁二二三至二二三。

㊽《紅樓夢的重要女性》，頁七六。

千雲先生和在美國的夏志淸先生曾替寶釵說過幾句好話。夏先生的話太簡單，他只說寶釵是被賈母和鳳姐所害[49]。千雲先生的話比較詳盡一點，他說：「許多同志都認爲作者寫這一回〔指第二十七回〕，是爲了揭發薛寶釵的陰險毒辣嫁禍於人。這種解釋，顯然是牽強附會的。原作寫得很明白：當寶釵看到寶玉去了瀟湘館的時候，她除了避嫌而外，絲毫沒有什麼嫉妒之心。……以後，薛寶釵也只是爲了避嫌，才來了個『金蟬脫殼』之計。如果說寶釵是有意識地嫁禍於人，這……在整個作品裏，沒有任何思想上和感情上的線索可尋」[50]。

依我看，他們的文章或多或少受到中國的史論影響，用現在術語說，這叫人物評價。能跳出這窠臼的，在三十年代裏，要算李辰冬先生的《紅樓夢研究》了。這本書是他在巴黎大學寫的博士論文的中譯本[51]。他用唐吉訶德（Don Quixote）比寶玉，用桑首（Sancho）

---

[49] C. T. Hsia, "Love and Compassion in Dream of the Red Chamber," Criticism 5:3 (Summer, 1963), p. 269. 又見他的 The Classic Chinese Novel; A Critical Introduction. (New York; Columbia University 1968), pp. 289-290.

[50] 千雲：〈關於薛寶釵的典型分析問題〉，《紅樓夢研究論文集》，頁一三七至一三八。

[51] 法文原著是 Etude sur le songedu Pavillon Rouge (Paris: L: Rodstin) 1934.

比寶釵[52]。後來阿印也有這個意見[53]。最近，田毓英先生更把它擴大寫成一本書，名叫「中西小說上的兩個瘋癲人物。」（「西」應指西班牙，不是泛指西方。）李辰冬先生在他的書中也談到作者當時的政治、法律、婚姻等；更談到《紅樓夢》的藝術價值。他把曹雪芹和莎士比亞並列。他認爲他們把「我」傾注到宇宙，分散到宇宙，使宇宙裏到處充滿了「我」[54]。可惜我找不到盧月化和郭麟閣兩先生的書，（盧的書是巴黎大學博士論文。郭的書是里昂大學的博士論文）[55]不能向讀者介紹。

近年來，用文藝的觀點來評論《紅樓夢》的文章漸漸的多起來。去年，幼獅月刊出版了《紅樓夢研究集》。這本書一共收了十八篇文章，其中嚴曼麗女士的〈紅樓二尤的悲劇情味〉、吳宏一先生的〈紅樓夢的悲劇精神〉、和柯慶明先生的〈論紅樓夢的喜劇意義〉都是

[52] 《紅樓夢研究》，頁四一。

[53] 阿印：《林黛玉的悲劇》（香港，千代出版社，民國卅七），頁九九至一〇七。

[54] 《紅樓夢研究》，頁一〇九。

[55] 盧和郭的書分別是 Le Jeune fille chinoise n'apres Hon-leou-mong (Paris: Domat-Montchrestien, 1936); Essai Sur le Hong leou mong (Le reve dans le pavillon rouge celebre roman chinois du xviiie siecle (Lyon: Bosc freres, M. & L. Riou, 1935).

嘗試用「悲劇」和「喜劇」的眼光來看《紅樓夢》。南海先生在〈一部「人像畫廊」作品的再評價〉介紹了王文興先生的意見。不過，最早運用「人像畫廊」來描述《紅樓夢》的人是梅女士[56]。至於李元貞先生的〈紅樓夢裏的夢〉是嘗試用心理分析來研究《紅樓夢》。黃美序女士要用神話來解釋《紅樓夢》，她的文章〈紅樓夢的世界性神話〉比李祁先生的〈林黛玉神話的背景〉[57]更進一步，因爲李先生只探討林黛玉神話的來源，而黃女士則從神話學的眼光來看《紅樓夢》。

值得一提的是瀟湘（劉國香）先生的〈紅樓夢與禪〉。他用《紅樓夢》作禪學書籍來讀，他認爲它「無非描寫一個行者參禪悟道的過程。」[58]他把《紅樓夢》解作「紅塵世事，如空中樓閣，如夢幻泡影。」[59]他又把寶玉比作第八識，黛玉比作第七識，寶釵比作第六識[60]。

---

[56] Yi-tse Mei Feuerwerker, "The Chinese Novel," in Approaches to the Oriental Classics, ed. Wm. Theodore De Bary (Morningside Heights, N. Y.; Columbia University Press, 1959), p.183.

[57] 載在《大陸》雜誌，三十卷十期（民國五十四年五月），頁一至四。

[58] 瀟湘：《紅樓夢與禪》（臺北，獅子吼雜誌社，民國五十九年），頁二。

[59] 同上書，頁八。

[60] 同上書，頁一八至二一。

縱使我們不同意他的說法，但不得不承認它很新穎。

《紅樓夢》這十幾年來在美國也非常受人注意。用它作題目來寫論文的就有三、四個人。此外，在英國、美國和臺灣還有幾篇用英文寫的有關《紅樓夢》的文章。但這些論文和文章，似乎還未被在香港的研究者所注意，因此，我想在這裏介紹一下：

艾克頓（Harold Acton）在〈一本中國的名著〉裏把《紅樓夢》和Proust的*A la researche du temps perdu* 和 Anthony Powell 的 *Music of Time* 相比，但也沒有作深一層的討論[61]。

維斯特（Anthony West）把寶玉比作 Dmitri Karamazov。同時，他認爲《紅樓夢》的主題是講「道德的救贖」（moral redemption）[62]。

梅女士亦曾在一篇文章裏論及《紅樓夢》。她用寶玉被打一場指出人性的衝突。賈政要

---

[61] Harold Acton, "A Chinese Masterpiece" *London Magayine* 2:15 (Dec., 1958), pp. 53–56.

[62] Anthony West. "Through a Glass, Darkly," *New Yorker* Nov. 22, 1958. pp. 223–232.

履行他做父親的責任來教導他的兒子，但賈母卻鍾愛那女性化的孫兒。在這一個場合裏的人物，究竟誰是誰非，讀者很難判定，而作者就用這件事表達他的痛悔和對母愛的懷念。梅女士認爲這本小說是描寫青年「向生命創進的儀式」(initiation into life)——從一個無憂無慮的兒童世界轉入一個充滿了黑暗和污穢的成人世界。這小說的特色是描寫青年的愛的心理，因此，它比《西廂記》和《牡丹亭》更入妙更複雜。它的人物描寫可算是生動活潑；重要的人物也相當多，故可稱爲「人像畫廊」[63]。

夏志清先生在〈紅樓夢中的愛和憐憫〉指出作者用小說來表現出人生的愛和慾。沉湎在慾裏的人，不知自拔，而那些讓愛開花的人卻給毀掉。這樣，作者就可以給讀者一個道家的教訓——愛和同情都是虛幻的。雷士羅〔Konneth Rexroth〕也有同樣的意見，他認爲「無爲」是救拯的原則[64]。勞榦先生卻不同意這個說法，他說：「曹雪芹才華蓋世，《紅樓夢》的文學價值可以說很高，但裏面所含的卻只是根據了老莊思想中的淺薄部分而形成的人生見解，這是明清世俗談論中所常見，並未曾超過了當時的庸俗社會。」[65]勞先生的意見，

---

[63] Yi-tse Mei Feuerwerker, op. cit., pp. 171–85.

[64] Kenneth Rexroth, "Dream of the Red Chamber." *Saturday Review*, Jan. 1, 1966, p. 19.

[65] 勞榦：《中國的社會與文學》（臺北，傳記文學社，民國五十八年），頁二。

引起了徐訏先生的反對[66]。其實，魯氏也曾說過：「惟憎人者，幸災樂禍，於一生中，得小歡喜，少有罣礙。然而憎人卻不過是愛人者的敗亡逃路，與寶玉之終於出家，同一小器。但在作《紅樓夢》時的思想，大約也只能如此。」[67] 徐先生大概不想批評這個「中國的高爾基」吧！夏先生又認爲大觀園是青少年的樂園，在裏面，他們可以把外面的成人世界的苦痛置之不理。最後，他認爲寶釵不是壞人，而是賈母一班人的詭計的受害者[68]。

藍羅瓦 (Walter G. Langlois) 把《紅樓夢》和《大地》(Pearl S. Buck's *The Good Earth*) 和《人類的命運》(Andre Malraux's *Man's Fate*) 合起來用社會學的眼光來分析。他不以爲賈府的衰敗就代表整個中國社會的墮落；相反的，他認爲劉老老就代表社會的活力。它能把那些壞分子排除出去[69]。

---

[66] 參徐訏：《懷璧集》。

[67] 轉引自曹聚仁：《新紅學發微》，頁八一。

[68] C. T. Haia, *Love and Compassion in "Dream of the Red Chamber"*, pp. 261-271.

[69] Walter G. Langlois, "The Dream of the Red Chamber, The Good Earth. and Man'F ate: Chronicles of Social Change in China," *Literature East and West* 11:1 (1967), pp.1-10.

榮之穎（Angela Jung Palandri）女士在〈紅樓夢中的女性〉指出《紅樓夢》和李汝珍的《鏡花緣》同是描寫女性的小說。她又指出描寫女性是這本小說最成功的地方。《紅樓夢》中的女性要角多是有才華和學養。同時，寶玉對他們的愛是無私的，他只可惜她們的天眞的日子太短，到她們出嫁以後，她們便沾染了男人的濁氣，變得沒有靈性了。她認爲大觀園可算是伊甸園——「無邪」的代表；又認爲黛玉彈琴斷絃已隱寓了她「目下無塵」的結局[70]。

黃美序認爲《紅樓夢》不單是一部寫愛情悲劇的書。他以爲賈寶玉的故事是一個「入世儀式」（initiation）的故事。他比羅密歐（Romeo）更勇敢更有深度；他也和哈姆雷特（Hamlet）一樣受到痛苦。因此，《紅樓夢》是一個敏感的人尋求生命的意義的故事。爲了要得到精神上的解脫，寶玉要經過一切世俗的引誘——名譽、地位、財富和情愛[71]。

至於論文方面，我所看到的只有三篇，宋淇先生提到的一篇——Sister Mary Greg-

---

[70] Angela Jung Palandri, "Wom-en in Dream of the Red Chamber" *Literature East and West* 12. 2. 3.4 (1969), pp. 226-238.

[71] Mei-shu Hwang, "Chia Pao-yu The Reluctant Quester," *Tamkang Review* 1:1(1970), pp.211-222.

ory's A Critical Analysis of The Dream of the Red Chamber in Terms of Western Novelistic Criteria，——因爲他沒有其它的資料，我沒法找到⑫。我所讀到的第一篇是莊信正在印第安那大學寫的論文。他主要是用西方的文學作品來和《紅樓夢》比較。他的目的有兩個：一是用比較明顯的相似的例子來幫助我們瞭解《紅樓夢》；一是用相反的例子來深入的探討這本小說的意義⑬。他的論文內有兩章討論性的問題，一章討論時間在這本小說的意義，都是前人所未道。

第二篇是那美樞（Jeanne Knoerle）修女的《紅樓夢評介》，這原是她在印第安那大學寫的博士論文。她主要是用小說的結構分析來評論《紅樓夢》。由於她過於注重結構的謹嚴，所以她認爲有很多情節是可刪的，她又討論書中的「時」「空」觀念和儒、釋、道三教

---

⑫《香港所見紅樓夢研究資料展覽》（香港：香港中文大學中國文化研究所文物館，一九七二），頁一〇。宋先生大概是弄錯了。這條資料應當是這樣的：Knoerle, Sister Mary Grerory, SP. *A Critical Analysis of The Dream of the Red Chamber in Terms of Western Novelistic Criteria* (Ph. D. dissertation Indiana University, 1966)，這本書後來由該大學出版，就是下文所介紹的。

⑬ Hsin-cheng, *Themes of Dream of the Red Chamber. A Comparative Interpretation* (Ph.D. dissertation Indiana University, 1966).

的要素㉔。

第三篇是米勒（Lucien M. Miller）在加州大學（柏克萊校區）寫的論文。這一篇是三篇中最長的一篇。米勒注重把第一回加以分析，他分三部分來討論，他首先討論神話部分，他認爲《紅樓夢》是神話小說。在第一回裏，作者給讀者一個神話背景，它包括有神秘名字、玄機、教訓性的道德觀點、和各種神奇的事蹟，在第二部分，他用賈雨村和甄士隱來討論眞和假的問題。所謂眞卽假，假卽眞。第三部分是討論故事的敍述。他認爲這本書是作者懺悔的自傳。但作者卻假裝成一個故事的敍述者。在結論裏，米勒說：在批判性的研究以後，我們會發現：很少有一段故事不表現出作者的選擇的眼光，同時又不符合一種特有的格

㉔ Jeanne Knoerle, Sp, *The Dream of the Red Chamber: A Critical Study.* (Bloomington and London: Indiana University Press, 1972). 加藤知彥（Kato Tomohiko）先生也用結構分析方法把全書八十回分爲兩部分。第一部分說賈家的盛時，從第一至第五十四回。這五十四回又分爲三小部分，每一個小部分有十八回。第二部分說賈家的衰敗，從五十五回至八十回。這二十六回又分爲二小部分。第一小部分有十八回。第二小部分只得八回，這是因爲全書未完的原故。見〈紅樓夢的結構〉，《中國文學報》，第四期（民國四十五年四月），頁五七至八二。

調和自相聯繫的世界觀⑮。

我上面所寫的，可說是文不對題。一方面，我追溯了新舊兩派紅學的發展。另一方面，我並沒有把所有在近年發表的有關《紅樓夢》的文章都加以介紹。在這兩方面，我是有我的苦衷的。如果不談新舊兩派的發展，一般的讀者會不清楚這兩派和中國傳統學術的關聯。現在，我們固然不願意用經生的見解來看中國文學，但也不認為用乾嘉時代的考證學來研究文學是一條正確的途徑。我覺得近年來得到相當發展的文學評論派的紅學是值得我們注意和發揚的。但我們要避免史論式的評論。夏濟安先生在那篇陳世驤先生譽為力作的「舊文化與新小說」已經說過：「一本小說裏面，假如善惡分明，黑白判然，這本小說不可能是一本好小說。小說家所發生興趣的東西，該是善惡朦朧的邊界，……」⑯。我們可要承認文字只是小說的成功要素之一，不能從小說家的文字的水準而判定他的作品的好壞。由於我抱有這個見解，所以我懇切地希望研究《紅樓夢》的人，尤其是新亞書院的「紅樓夢研究小組」，不要拼命在新、舊兩派裏繞圈子。他們應該多注重第三派的紅學，因為這派不會被材料限制，而

---

⑮ Lucien M. Miller, *The Masks of Fiction in Hung-lou-mong: Myth. Mimesis, and Presrona* (Ph. D. dissertation: University of California, Berkerley, 1970

⑯ 夏濟安：《夏濟安選集》（臺北，志文出版社，民國六十年），頁五。

且研究的人可以多發揮一點他們的意見。我更希望「小組」能收集和翻譯國外出版的書籍和文章。（在一九七二年的「紅樓夢研究資料展覽」中，只有吳世昌寫的一本英文書，和八篇日文論文。這顯然是太少了。甚至夏志清先生刊在《現代文學》的〈紅樓夢中的愛與憐憫〉的中文稿都沒有，可見「小組」只注意新舊兩派紅學的文章。）我想，這個工作比她們所揭櫫的「影印各種版本，和收集和流通研究資料（指《四松堂集》一類的資料）」兩個目標更重要、更有意義[77]。到底，我們是研究《紅樓夢》，不是研究它的「枝節問題」。而且在海外，不可能找到甚麼新材料，對那些懸而未決的問題，不可能有再進一步的突破。那末，爲什麼還在現有的材料裏面繞圈子呢？至於流通資料，那固然是一件功德，但如果印出來的書都像陳慶浩先生的《脂評輯本》一樣索價港幣數十元，實在說不上什麼「流通」了。

再回頭說到我在介紹文章方面的苦衷。首先，這些年來，有關《紅樓夢》的文章很多，實在不能一一介紹。舉例來說，國立中央圖書館在一九七〇年出版的「中國近二十年文史哲論文分類索引」收錄了一九四八——六九年有關這方面的文章就有一百三十七篇。如果再加上在香港、大陸、南洋等地出版的文章，最少也超過二百篇。如果再加上戰前出版的那就不

---

[77] 參汪立穎，前引文，頁一二八。

得了。在日本方面，伊藤漱平（Ito Sohei）先生也有〈紅樓夢研究：日本語文獻資料目錄〉，載在《明清文學語文研究會會報》第六期（一九六四）。我沒有看過這篇文章，不知裏面收了多少篇。其次，我現在住的地方是在美國的中西部，找中、日文書比在東部難得多。（在東部，哥倫比亞大學、耶魯大學、哈佛大學都收有很多東亞的雜誌。在西岸的加州大學和史丹福大學也是旗鼓相當。）所以我只能避重就輕的介紹一下用英文寫的論文。由於我所遭遇到的困難，我更覺得「小組」更應集中人力財力來收集散在各地的材料，使日後香港成為「紅樓夢研究資料中心」，那不是很有意思嗎？

最後，我還有些未看到的論文，現在把它們列下來，以便讀者去追尋。

Henrich Eggert, *Die Entstehung-eschichte des Hung-lou-mong* (Ph. D. dissertation, Hamburg, 1939).

Richard A. Kunst, The Beginning and Ending of The Dream of the Red Chamber (M. A. thesis, University of California, Berkeley, 1969).

Lindy Li Mark "An Aesthetic Evaluatin of Hung-lou-mong, A Novel by Ts'ao Hsueh Chin, Seminar Paper Submitted to Professor Cyril Birch, University of California, Berkeley.

補記：墨人先生的《紅樓夢的寫作技巧》（民國五十五年臺灣商務印書館出版）也談到《紅樓夢》的文學價值，但可惜還逃不出「評點之學」的窠臼。他說：「《紅樓夢》的成功，得力於人物；人物的成功，又得力於語言的運用。」（頁二五五）可見中國的批評家談來談去，還是離不開「人物」「語言」這兩方面。

總括來說，我在上面已把三派紅學的來龍去脈交代清楚。到現在，這三派還是並行不悖。舊紅學以潘重規先生爲代表。這一派雖然不甚流行，但還不至於成爲「廣陵散」。我覺得潘先生如要發揚這一派，他應當對任辛、李辰冬、和徐復觀幾位先生的疑問[78]作一個正面的答覆。至於杜世傑先生那種「蘇雪林，何許人也」的態度，更不是研究學問的人所應有的。新紅學的研究者比較多，兪平伯、周汝昌、吳世昌、趙岡幾位先生是個中翹楚。至於第三派的文學評論派，也可分爲兩宗。一是代表中國傳統的批評。它注重史論式的人物評論。一是代表西洋的文學批評。它注重故事的結構、寫作的技巧、主題的分析等等。目前，研究

[78] 見任辛：《紅樓夢簡論》（新加坡，青年書局，一九六〇）；李辰冬：《紅樓夢研究》；徐復觀（筆名王世祿）：〈由潘重規〈紅樓夢的發端〉略論學問的研究態度〉《明報》月刊，七十二期（民國六十年十二月），頁五七至六五。

《紅樓夢》的人已開始注意這一個新趨向。我相信這一宗在將來的成就會是相當大的。

一九七三年十月十日在俄亥俄州立大學

關於《紅樓夢》的作者和思想問題的商榷

余英時

小引

這篇東西不是一篇獨立的論文。今年春間，我草〈近代紅學的發展與紅學革命——一個學術史的分析〉，（將刊於《香港中文大學學報》第二期）其中一條附註牽涉到「索隱派」紅學問題，因此引起了我對於《紅樓夢》中所謂「反清」思想的一些感想。這條附註寫得太長了，不是原文所能容納，我只好將它抽了出來，準備以後有時間再重加整理改寫。最近《中華月報》的主編催稿如索債，而我自己又無時間從容落筆。在這種情形下，我只好將舊稿發表出來。由於原文是附註性質。因此語意頗有不足之處，希望讀者將來能和〈近代紅學的發展與紅學革命〉合看。

這篇東西只討論到兩個問題：第一是關於《紅樓夢》的作者問題。但是我在這裏僅涉及這個大問題的極小部份。這一部份主要是對潘重規先生《紅樓夢新解》的一點商榷。而且重點不是放在結論方面，而是放在考證方法論方面。第二是關於《紅樓夢》作者的政治思想問題。質言之，即是作者對於滿清究竟採取甚麼態度。不過我在這裏僅僅根據新發現的「靖本」批語推測作者有譏刺滿清或同情明亡的可能。這個問題的本身尙待進一步研究，目前絕無法得到任何具體的結論。如果我這個推測將來能夠得到初步的證實，那麼，幾十年來紅學研究中「自傳派」和「索隱派」的爭執也未嘗不可以獲致某種程度的調和。

一、潘著《紅樓夢新解》質疑

首先我想舉一個例子來說明潘先生考證功力的深沉。一九五八年吳恩裕出版《有關曹雪芹八種》一書中有〈考稗小記〉一篇。其中一則討論到永忠弔雪芹詩「欲呼才鬼一中之」之句。俞平伯說「一中之」之「中」或當作「申」字。吳恩裕不同意此說，謂「中」字在此句中爲動詞，猶言「是正」、「就正」之意。潘先生曾引此段而指出「中之」出《三國志・徐邈傳》，乃是斟酒飲酒的意思。（見《紅樓夢新解》，頁一七五至一七六）潘先生的說法自然是正解。一九六三年吳恩裕擴充八種爲十種時，此刻卽根據潘說改寫，並引《三國志·徐邈傳》爲證。（見《十種》，頁一四七）潘書出版在一九五九年，吳恩裕必見及之，但因《新解》是海外出版的，所以沒有說明改稿係從潘說。這是不足深責的。

潘先生在其他紅學貢獻甚多，不必一一列舉。但潘先生在否定曹雪芹是《紅樓夢》作者這一點上，立論和材料都還有使我不敢苟同的地方。他曾引程偉元的刻本序言（「作者相傳不一，究未知出自何人。」《新解》，頁一五九）和裕瑞的《棗窗閒筆》（「聞舊有《風月寶鑑》一書，又名石頭記，不知爲何人之筆。曹雪芹得之，以是書所傳述者，與其家之事跡略同，因借題發揮，將此部刪改至五次。」頁一六〇）爲證，來支持他的結論。在我看來，這兩個旁證都有問題。第一、高、程二子在紅學考證中乃是被告。從嚴格的方法論的觀點說，正像陳援菴先生所謂「在其本身訟事未了以前，沒有爲人作證的資格。」（見陳援菴給胡適的信，《胡適文存》，第四集，頁一八七）第二、潘先生在同書的另一文中曾列舉了敦敏、敦誠、永忠、明義和裕瑞五人，指出二敦與雪芹交誼最深，但無曹雪芹著《紅樓夢》之說。（按：這是解釋的問題，玆不論。）而「其餘永忠和雪芹素昧平生，明義也和雪芹並無直接關係，至於裕瑞更是年輩相去甚遠了。」（《新解》，頁一六七至一六八）可見根據潘先生的標準，裕瑞的話並無證據的價値。據吳恩裕的考證，裕瑞是明義的外甥，故《棗窗閒筆》言曹雪芹事謂「聞諸前輩姻戚言」，即聞之明義諸人。（見《十種》，頁一六四）如果明義不可信，則裕瑞自然更不可信了。潘先生此處的推論是合理的。但奇怪的是潘先生在上文因着重「曹雪芹得之」那句話，卻又特別推崇他的證人身份。潘先生說：「可見思元齋主人裕瑞也是滿人中的學者，他的說法是有分量，值得注意的。」（同上，頁一六一）同一裕瑞，何以在同書十頁之內，重要性忽高忽低？此誠令人大惑不解。

但問題尚不在此。裕瑞同書尚有一大段評當時一種僞託的後三十回續書。這段話在我看來十分值得注意。玆略引其最有關係的一節如下：

至於《後紅樓夢》三十回，又和詩等二回，則斷非雪芹筆，確爲逍遙子僞託之作。其和詩二回，本載別號，謂非雪芹筆者勿論，但論其三十回中支離盾矛處而已。其開卷卽假用雪芹老母家書一封，弁之卷首爲序，意謂請出如此絕大對證來，尙有誰敢道箇不字。作者自覺甚巧也，殊不知雪芹原因託寫其家事，感慨不勝，嘔心始成此書，原非局外旁觀人。若局外人徒以他人甘苦澆己塊壘，泛泛之言，必不懇切逼眞，如其書者。余聞所稱寶玉係雪芹叔輩，而後書以雪芹爲賈政之友，爲寶玉前輩世交，以姪反作爲乃叔之前輩，可笑。又每混入書中，參雜不離，前書中何未見雪芹自道隻字乎？再按雪芹二字，不似其名，而此書曹太夫人札稱雪芹兒云，豈有母稱其子之字號之理。（見《紅樓夢卷》，第一册，頁一一四至一一五）

如果潘先生眞的相信裕瑞的證見，那麼這一段話明明肯定曹雪芹是《紅樓夢》的作者，而且是「寫其家書，感慨不勝」，又將怎樣去理解呢？周汝昌批評裕瑞「自打嘴巴」，是不錯的。（見《紅樓夢新證》，頁五六七）更值得注意的是這個逍遙子的僞本《後紅樓夢》前面居然假造了曹雪芹的母親的一封信，作爲「絕大對證」。可見至少當時的讀者大概都認爲《紅樓夢》的作者是曹雪芹。否則這封信豈非無的放矢麼？我們不知道這個逍遙子的僞書成於何時。據裕瑞說，程、高問世後「作《紅樓夢》者隨出，襲其故智，僞稱雪芹續編，亦以重價購得三十回全璧。猶恐世人不信，僞撰雪芹母札，以爲確證。」（《紅樓夢卷》，第一册，頁一一二）我們知道，程甲本刊行於一七九一年，程乙本刊行於一七九二年。裕瑞既云此本「隨出」則當在十八世紀末年或十九世紀初年，與程、高的年代極相近。我們當然不能根據這個僞本來解決《紅樓夢》的作者問題。我引此說，僅在說明兩點：一、程、高本問世不久，已有很多讀者相信曹雪芹是原作者。而潘先生的斷案，說「裕瑞所得《紅樓夢》作者的資料，還是不知何人之筆。還是曹雪芹删改五次（頁一六〇）」是不夠全面的。潘先生只採取了《棗窗閒筆》的一個說法，而忽略了其中的一個說法。二、逍遙子襲程、高故智「僞稱雪芹續編，亦以重價購得三十回全璧。」這更加深了我們對程、高後四十回的懷疑。潘先生如取裕瑞「曹雪芹得之」之說，便很難拒絕他對後四十回是「贋鼎」的判決。「順我者生，逆我者死」是考證方法上的大忌。所以，我認爲《棗窗閒筆》只能表示十九世紀初葉一般人對於《紅樓夢》的一些傳說，而沒有確定的證據的價值。

但是裕瑞關於逍遙子的三十回本《後紅樓夢》的記載則是第一手的證據。兪平伯只知道程、高本外尚有「舊時眞本」，（見《紅樓夢研究》頁二，又一八六至一九三）周汝昌則另添上一本不止百廿回的石頭記「舊版」（見《新證》，頁四四三至四四四）。據裕瑞的長文（〈後紅樓夢書後〉，《紅樓夢卷》，第一冊，頁一一二至一一六）則此本確是從八十回後續起，而且內容與上述「舊時眞本」與「舊版」皆異。是八十回後之續書又增一種矣。周汝昌曾引及《閒筆》，但似未注意此書是八十回之續本。又引作「二十回」，似誤（《新證》，頁四三八），是另一可注意之處。今天大家都知道曹雪芹尚有未完成的三十回本。這是由於脂評中有「後卅回」之話的緣故。此逍遙子本竟不多不少也是三十回，恐非偶然。我頗疑心作僞者是研究過脂評之後才下筆的。

回到潘先生的《新解》，我對於他的《風月寶鑑》一解尚有疑問。《紅樓夢》第一回楔子有「東魯孔梅溪則題曰風月寶鑑」一語。甲戌本脂硯齋眉評說：「雪芹舊有《風月寶鑑》之書，乃其弟棠村序也。今棠村已逝，余覩新懷舊，故仍因之。」這是自胡適以來大家公認爲曹雪芹是《紅樓夢》的作者的重要根據之一。潘先生也說它「似乎確指紅樓夢的作者。」

但是接着又有下面一段分析：「曹雪芹的《風月寶鑑》寫了些甚麼雖不得而知，但可斷定絕不是《紅樓夢》。因爲批語明說『覩新懷舊，故仍因之。』正謂雪芹舊作和石頭記別號同名，爲了追念逝者，故不把重複的書名改掉，決不能說曹雪芹著《風月寶鑑》即是《紅樓夢》。」（《新解》，頁一四〇）我覺得潘先生此處的立場不夠謹嚴，斷語下得太快。僅僅根據這八個意義含混的字，潘先生就得到兩個重要結論：一、曹雪芹寫過一部書，名爲「風月寶鑑」，現在已不存。二、曹雪芹的《風月寶鑑》恰巧與《紅樓夢》的別號同名，但絕不是《紅樓夢》。事實上，這個《風月寶鑑》的雙包案，是無中生有的。除非我們今天發現了一本與《紅樓夢》完全不同的曹雪芹所著的《風月寶鑑》，我們沒有理由說曹雪芹「舊有風月寶鑑之書」不是《紅樓夢》。因爲甲戌本楔子上說「吳玉峯題爲紅樓夢，東魯孔梅溪則題曰風月寶鑑」，顯然是同一作品的兩種不同的名稱也。問題在「新」、「舊」及「因之」的「之」究竟何指。潘先生似乎是把「新」當作別號「風月寶鑑」的《紅樓夢》，把「舊」當作曹雪芹「舊作」的《風月寶鑑》，而「之」則指「重複的書名」——即「風月寶鑑」。如依此解則脂評《紅樓夢》不應稱「石頭記」，而當叫作「風月寶鑑」了。可是我們知道，在《紅樓夢》的版本史上，它從來沒有以「風月寶鑑」的獨立名號出現過。認眞地說，只有同一本書先後因修改之故而內容有異，才可以稱之爲「新」「舊」。作者和內容都全不相同的代文字獄的詩句：如徐述夔詩：「明朝期振翮，一舉去清都」之類作爲旁證。(見《新解》，頁九至一七四，及二一〇至二一一）我有幾個疑問：一、曹雪芹的寫作年代正在乾隆一朝，卽文字獄發展到最爲「咬文嚼字」的一段時期。如果他寫了一部與《紅樓夢》毫不相干的書，何以偏偏要叫它作「風月寶鑑」呢？何況潘先生又說：「清風明月這個詞頭還有人不熟習的嗎？」（頁九）看曹雪芹的作品如佚詩及《廢藝齋集稿》之類（這裏不提《紅樓夢》，因爲它在潘先生理論中是「被告」，不能作證），再加上他的朋友對他的推崇，至少他也是一個十分敏感的人，爲甚麼他對「風月」兩個字毫無所覺？而脂硯齋也竟糊塗到這種地步，還要「故仍因之」呢？（當然，如曹雪芹的《風月寶鑑》卽是《紅樓夢》，其事又當別論。）二、如果曹雪芹「舊有風月寶鑑之書」，那麼，脂硯所謂「覩新懷舊」的「新」當然是指《石頭記》或《紅樓夢》了。可是潘先生又說，《石頭記》可能是曹寅的藏書，落到了曹雪芹的手上（見《新解》頁一六三及《近代的紅學述評》商榷，頁十八）。姑假定這個推測完全正確，那麼《石頭記》應該是比雪芹「舊有風月寶鑑之書」更「舊」的書了。然則脂硯怎麼會稱它爲「新」呢？甲戌本是脂硯的重評本，無論如何也不可能叫它「新」也。唯一的解釋就是回到裕瑞的說法，「曹雪芹得之」。卽曹雪芹除了「舊」撰有《風月寶鑑》一書外，又「新」得到了一部別號「風月寶鑑」的《石頭記》。可是裕瑞的證據價值頗成問題，已如

二、關於曹雪芹的「漢族認同感」

我想曹家雖然是從龍入關，並屬於正白旗，但到了曹雪芹這一代，由於屢經政治風波，家業消亡，未嘗不感到「奴才」之難做。（旗人對皇帝例自稱「奴才」。）敦誠〈寄懷曹雪芹〉詩有云：

> 少陵昔贈曹將軍，曾曰魏武之子孫。君又無乃將軍後，於今環堵蓬蒿屯。揚州舊夢久已絕，且著臨邛犢鼻褌。

這首詩紅學家考證爭辯甚多。我現在只想用這開首幾句說明一個問題，即曹雪芹已十分明確地意識到他自己本是漢人。而他又生值清代文字獄最深刻的時代，眼看到許多漢族文士慘遭壓迫的情形，內心未嘗不會引起一些激動。這種激動自然不會達到「反清復明」的程度，但偶而對滿清朝廷加以譏刺則完全是可能的。曹雪芹因家恨而逐漸發展出一種「民族的認同感」，在我看來，是很順理成章的心理過程。許多現代的紅學家因拘於曹雪芹是旗人的事實，從來不肯往這一方面想。好像以為曹家這一系早已數典忘祖，而曹雪芹自己必然是站在滿清一邊的。事實上以曹雪芹之敏銳，他不致於對當時文字獄所表現的滿漢衝突毫無感應。然而今天的紅學家寧可強調曹雪芹的反封建意識，強調曹雪芹是貴族階級的叛徒，卻不願設想曹雪芹固有可能發展了某種程度的反滿的意識。其實反封建、叛階級是我們今天的觀念。這些觀念對於曹雪芹而言，遠不及反滿及同情漢族來得具體而眞實。《紅樓夢》中有許多控訴當時上層社會的話，這是不爭的事實。這些所謂「反封建」或「叛階級」的思想應該是作者目睹自己貴族大家中種種黑暗和險惡而發生的。但是《紅樓夢》也確實有些可疑的字句，如「大明角燈」及芳官改名耶律雄奴（匈奴）的故事，未嘗不可解釋爲對滿清的譏刺。自傳派紅學家遇到這種地方便有些含糊支吾，無所措手足。他們也知道這些字句可疑，但又不願說雪芹反滿，因此只好不了了之。（最明顯的如吳恩裕對於「大明角燈」的問題的態度，見《有關曹雪芹十種》，頁一二六及一五七至一五八，兪平伯對「耶律雄奴」問題的特徵，見《紅樓夢研究》，頁九三至九四。）我不明白，爲什麼要說曹雪芹有勇氣反封建、叛階級，而獨不承認他有勇氣叛滿歸漢？

如果我們承認曹雪芹可能具有某種程度的反滿意識，則紅學研究中所遇到的有些困難也許可以因此避免了。如永忠的《延芬室集稿本》中有〈弔雪芹〉三首詩。上面有瑤華（即弘旿）的眉批云：

> 此三章詩極妙。第《紅樓夢》非傳世小說，余聞之久矣，而終不欲見，恐其中有礙語也。（見《紅

樓夢卷》，第一册，頁十）

瑤華的批語也是考證派紅學家爭論不決的問題之一。大體上說來，有兩種意見：一是以「礙語」爲綺語，（見周汝昌，《新證》，頁四五四至四五五）一是以「礙語」爲「謗書」，是政治上有「關礙」的話。（見吳恩裕，《十種》，頁三八至四○）我傾向於「謗書」的說法，但並不贊成「謗書」是所謂對封建社會或專制統治的譏評和諷刺。這是今天所謂「有政治理論水平」的紅學家的感覺。以弘旿的「理論水平」來說，曹雪芹縱使是有意識地「反封建」、「叛階級」，他也未必看得懂。吳恩裕曾以「文字獄」爲說。其實乾隆一朝的文字獄基本上是漢人反淸問題。所以我覺得弘旿所說的「礙語」正不妨解爲《紅樓夢》中有譏刺滿淸的話題。更有意義的是最後發現的所謂「靖本紅樓夢」第十八回有一段長批。全文如下：

孫策以天下爲三分，衆才一旅；項籍用江東之子弟，人唯八千。遂乃分裂山河，宰割天下。豈有百萬義師，一朝卷甲，芟夷斬伐，如草木焉！江淮無崖岸之阻，亭壁無藩籬之固。頭會箕斂者，合從締交；鋤耰棘矜者，因利乘便。將非江表王氣，終於三百年乎！是知并吞六合，不免轍〔軹〕道之災；混一車書，無救平陽之禍。嗚呼，山岳崩頹，既履危亡之運，春秋迭代，不免去故之悲。天意人事，可以淒滄〔愴〕傷心者矣！大族之敗，必不致於如此之速；特以子孫不肖，招接匪類，不

> 知創業之艱難。當知瞬息榮華，暫時歡樂，無異於烈火烹油，鮮花着錦，豈得久乎？戊子孟夏，讀虞〔庚〕子山文集，因將數話繫此。後世子孫，其毋慢忽之！

周汝昌說得很對，如果只是一家一族之事，就不會引錄像庚信〈哀江南賦〉序文中的那樣的話了。所以此批〔以及還有一些類似的〕還是很値得注意的。（均見周汝昌，前引文，《文物》，第二期，頁二四）但周君所持「封建階級沒落」和「皇室爭位」之說，在此並不相應。其困難與吳恩裕之解「礙語」相同。所可惜者，靖本中其他類似的評語，周汝昌沒有整理發表，否則我們對這一長批的意義必能有更深入的了解。

據我的看法，批者引庚子山〈哀江南賦〉序，序有「將非江表王氣，終於三百年乎」之語，並深致其感慨，應該是指朝代興亡而言的。如所測不誤，則這段批語就很可能暗示明亡和清興。批語所云：「大族之敗，必不致如此之速；特以子孫不肖，招接匪類，不知創業之艱難。」合起來讀，很可以附會明代的終結。至於批語下截，說「當知瞬息榮華，暫時歡樂，無異於烈火烹油，鮮花着錦，豈得久乎？」則也可以解釋爲對滿清未來命運的一種判斷或警告，至於出於善意，抑或惡意，那就無法確定了。此批寫於戊子，卽乾隆三十三年（公元一七六八），距雪芹之死才五、六年（壬午，一七六二或癸未，一七六三）。照年代看，此批應出畸笏之手。（見周汝昌，《新證》，頁五四一至五四七）無論畸笏和脂硯是一是二

（此點紅學家意見不同），總之批者和曹雪芹在思想上是頗有契合之處的一個人。因此，這個長批也可以加強我們對於曹雪芹具有某種程度反滿意識的猜想。

但是說《紅樓夢》中偶有譏刺滿清的痕跡，卻並不等於回到「索隱派」的「反清復明」理論。「反清」或「刺清」在《紅樓夢》中只是作者偶然的插曲而存在的，它絕不是《紅樓夢》的主題曲。《紅樓夢》第一回明說所記爲作者「親睹親聞的這幾個女子」，又說「亦不過實錄其事」。索隱派如果堅持《紅樓夢》是「反清復明」的血淚史，那就必須要把《紅樓夢》的全部或至少一大部份加以「實錄」化。換句話說，他們必須另編一部晚明抗清史來配合《紅樓夢》的整個故事的發展。這部歷史縱不能與《紅樓夢》脗合無間，至少也應該是大體無訛。這並不是我們特別對「索隱派」苛求，而是「索隱派」的基本假設非如此即不得謂之證實。在這一點上，「索隱論」的處境比「自傳說」還要困難。因爲「自傳說」只牽涉到曹家一姓的興衰史。一家一姓的史料容易散失，證實較難。儘管如此，周汝昌的《新證》已可謂做到差強人意的地步，雖然「自傳說」的內在矛盾也不免因此而暴露。而「索隱派」的題目則來得至大無外。它涉及了十七世紀全部漢族的被征服史。我們今天雖不能說對晚明時代漢人抗清的事實知道得巨細無遺，但重大的事件和人物總是有文獻可徵的。「索隱派」至少也該有一部像周汝昌《新證》這樣的論著纔能和「自傳說」分庭抗禮。否則在數十萬言的大書中找出幾十條「索隱」是不能證明甚麼問題的。錢靜方說得好：「此說旁徵曲引，似亦可通，不可謂非讀書得間。所病者舉一漏百，寥寥釵、黛數人外，若者爲某，無從確指。」（〈紅樓夢考〉，見《紅樓夢卷》，第一册，頁三二六）所以，我認爲，與其誤認「反淸復明」爲《紅樓夢》的主題曲，並因此而不得不剝奪曹雪芹的著作權，倒不如假定曹雪芹在窮途潦倒之餘逐漸發展了一種漢族認同感，故在《紅樓夢》中偶而留下了一些譏刺滿淸的痕跡。但是這個假定究竟能否得到證實，那就要由未來的研究和新資料發現的情況來決定了。

附記：本節寫成以後，我才看到吳恩裕的《曹雪芹的故事》。這本小書是用小說體裁寫的，但想像的部份都多少有文獻上的根據。吳恩裕先生在本書中也承認曹雪芹有反滿的思想傾向。他說：「我又深信他深惡痛絕專制統治，特別是「異族」的統治。在《紅樓夢》和脂批中肯定是有這種隱微的流露的。但是這既不是否定階級關係，也不能和蔡元培所謂『作者持民族主義甚篤』的看法相提並論。」（〈小序〉頁四）我很高興吳先生在這個問題上已先我而發。他的基本論點都是我可以接受的。

一九七四年五月十二日補記

由潘重規先生〈紅樓夢的發端〉略論學問的研究態度

王世祿

一

《紅樓夢》的研究，是近幾十年來的熱門學問。但正式列入大學課程，並在大學裏成立「研究小組」，以集體的力量從事研究工作的，則只有香港中文大學裏的新亞書院。這應當算是課程的擔任者及小組的領導者潘重規先生的一大貢獻。

也有人批評這些年來，該小組尚停頓在猜謎的階段，我想，恐怕是因爲潘先生自有其苦衷。因爲潘先生早出有一本《紅樓夢新解》，認《紅樓夢》以明末清初的某遺民所作，目的在宣揚反清復明的民族大義。潘先生立意甚佳，但論證缺乏；所以此書出後，潘先生挨了胡適的一頓罵，且亦未被紅學界所注意。潘先生現既得學校之力，正式領導集體研究工作，當然第一件心事，希望在學生的猜謎中能導向他的大著的結論。最近《新亞學術年刊》十三期刊有潘先生〈紅樓夢的發端〉的大文，主要在證明《紅樓夢》乃在曹雪芹以前的「石頭」所作，曹雪芹只不過是加以整理。這正是爲他的新解求證據。並且他正根據他這一觀點，編校一部「紅樓夢新本」以「恢復它的本來面目」❶，以建立他的紅學系統。由此可知他的這篇文章，就是他領導研究小組的綱領。

關於《紅樓夢》，尚有許多待解決的問題，研究者可以從各個角度發揮特異的見解。結論儘管各有不同，但研究的態度及導向結論的方法，不能不要求客觀而嚴謹。尤其是研究態度的誠實不誠實，對資料的搜集、整理、解釋，有決定性的作用。要求研究者抱着一個誠實的態度，這是保證研究工作在學術的軌道上，正常進行的起碼的要求。我讀完潘先生的大文以後，最先引起我這樣的感想。

對材料的斷章取義，如果是偶一爲之，這可能是一時的疏忽，或關係於對材料的了解程度，不能遽然認定這是由於態度的不誠實。但若大量的斷章取義，大量的曲解文意，這便是態度的不誠實。假使更進一步，抹煞重要的與自己的預定意見相反的材料，而只在並不足以

---

❶ 見潘先生大文（以後簡稱「原文」）頁一六。

支持自己的預定意見，卻用附會歪曲的方法強爲自己的預定結論作證明，這便是欺瞞，便是不誠實。

潘先生大文的第一個主要論點，是建立在「甲戌本」係最接近《紅樓夢》原稿的基礎之上的。當胡適之在民國十六年買進這只剩下十六回的殘鈔本時，即認爲這是甲戌年脂硯齋重評時的鈔本，而斷定爲「海內最古的石頭記鈔本」❷此即世間所稱的甲戌本。因爲曹雪芹死於乾隆二十七年壬午（一七六二）除夕❸。而甲戌是乾隆十九年（一七五四），是曹雪芹死前八年。現在可以看到的鈔本，除有正書局影印本的底本（以後稱有正本），未明記年份以外，尚有己卯本，乃乾隆二十四年（一七五九）鈔本，是曹雪芹死前三年。庚辰本乃乾隆二十五年（一七六〇）鈔本，是曹雪芹死前二年。（此本有丁亥批語，應係雪芹死後的抄本）。甲辰本乃乾隆四十九年（一七九一）鈔本，在雪芹死後二十二年。還有其他鈔本，外間無由看到。假使此十六回殘鈔本，是出於乾隆甲戌年，亦即是出於曹雪芹的死前八年，當然可以稱爲最古的鈔本。但在此鈔本十頁跨十一頁的地方，有朱墨眉批如下：

能解者方有辛酸之淚，哭成此書。壬午除夕書未成，芹爲淚盡而逝……甲午八月淚筆。

---

❷ 見胡適〈跋乾隆甲戌脂硯齋重評石頭記影印本〉。此跋即載在影印本的後面。

❸ 曹雪芹的卒年，有壬午、癸未兩說。我相信壬午說。

甲午是乾隆三十九年（一七七四），此時雪芹已死去十二年，上距甲戌二十年。在十一頁尙有如下的朱墨夾批：

若從頭逐個寫去，成何文字。《石頭記》得力處在此。丁亥春。

丁亥是乾隆三十二年（一七六七）此時雪芹亦已死去五年，上距甲戌十三年。此十六回殘鈔本的批語中記有明確年份的大槪只有這兩條；而從這兩條所證明的年份看，都遠在甲戌年之後，假使正文與朱墨批語的鈔寫，出於兩人之手，便可解釋爲這兩條批語是由後人加上去的。難就難在批語與正文的筆跡，不僅毫無疑問的是出於同一個人之手；並且正文的字鈔得比較草率的，批語的字鈔得也比較草率。尤其是自第六回以後，把許多批語，寫作正文下的雙行批，有如雙行夾注的情形，這都可證明每一回的正文與批語是同時鈔寫的。因此，吳世昌趙岡們❹指出把十六回殘鈔本指爲甲戌本是一種錯誤，實際它是遠出於甲戌年之後（以後爲行文方便，仍假稱之爲甲戌本），這是不可動搖的論證。胡適之所以稱它爲甲戌本，是出自對下文的誤解，第一回：

❹ 吳汝昌有〈我怎樣寫紅樓夢探源〉一文，收入香港建文書局印行《散論紅樓夢》。評甲戌本見頁六七。趙岡《紅樓夢新探》上篇第二章第一節脂評石頭記五，甲戌本專談此一問題。

……方從頭至尾，抄錄回來……遂易名爲情僧，改「石頭記」爲「情僧錄」。至吳玉峯題曰「紅樓夢」。東魯孔梅溪則題曰「風月寶鑑」。後因曹雪芹于悼紅軒中披閱十載，增刪五次，纂成目錄，分出章回，則題曰金陵十二釵。並題詩曰：「滿紙荒唐言，一把辛酸淚。都云作者痴，誰解其中味。」至脂硯齋甲戌抄閱再評，仍用「石頭記」。

按上面一段話中的「至吳玉峯題曰紅樓夢」九字，及至「至脂硯齋甲戌抄閱再評仍用石頭記」十五字，爲有正本，庚辰本，乾隆抄本百廿回紅樓夢稿及程甲本乙本所無。己卯本恐亦無此兩句。這兩句是鈔此十六回殘鈔本凡例的人特別加進去，以說明書名演變的經過，並不是說此鈔本即出於脂硯齋在甲戌年所鈔。胡適遽斷爲是甲戌年鈔本，這是出於他一時的粗疏。但潘先生是一個《紅樓夢》集體研究的領導人，對於後出的糾正胡適的重要意見，斷沒有不曾看到之理。即使潘先生認爲吳、趙們所提出的意見不能成立，也應當提出來加以檢討；因爲他們的糾正意見，是有如前所述的根據而不是猜謎。怎麼可以隻字不提，便逕在他人所已指明爲錯誤的結論上來建立自己立論的基礎呢？

二

潘先生在抹煞與自己相反的材料，以建立自己立說的基礎，不僅表現在版本問題上面。

在他的全文中隨處可以指出，尤其是在他在證明《紅樓夢》不是曹雪芹所作的這一論點上，表現得特別突出。

潘先生在他大作的第十四到十七頁，引了下面的材料，證明曹雪芹不是《紅樓夢》的作者。

一、乾隆四十九年庚辰菊月夢覺主人〈抄本八十回紅樓夢序〉，潘先生認爲「抄本的主人不但沒有說曹雪芹是作者，而且傳說中的作者彼此無定。」

二、未記年月的戚蓼生序，乾隆五十四年己酉的舒元煒序「都沒有提到曹雪芹是作者。」

三、最早刻《紅樓夢》的程偉元在序中說「作者相傳不一」，潘先生由此斷言「可見《紅樓夢》自開始流傳時，都不說曹雪芹是此書的作者。」

四、與曹雪芹關係最深的敦敏敦誠，「都沒有隻字提到曹雪芹作《紅樓夢》的事實。」

先且不批評潘先生對自己所引的材料的解釋，對與不對。最奇怪的是古典文學研究資料彙編的《紅樓夢卷》裏面，說《紅樓夢》是曹雪芹所作的資料有數十條之多。其中有的可以說是第一手資料，有如明義〈題紅樓夢〉二十絕句，從最後一首的語氣看，是在曹雪芹未死以前所作的；此詩小序的第一句是「曹子雪芹出所撰《紅樓夢》一部……」。永忠的〈因墨香得觀紅樓夢小說弔雪芹三絕句〉，並有原注「姓曹」。這是雪芹死後五年所作的。此詩第一首的後兩句是「可恨同時不相識，幾回掩卷哭曹侯。」潘先生對這樣重要的資料，竟可以閉目不睹，一語不提，這是一種甚麼研究學問的態度呢？這些資料之所以可貴，因爲中國傳統中的小說作者，都是以「先生不知何許人也，亦不詳其姓字」的方式出現。所以《紅樓夢》一天普及一天，而《紅樓夢》的作者的姓名，反一天模糊一天。袁枚知道《紅樓夢》作者曹雪芹的家世，但雪芹本爲曹寅之孫，而誤以爲其子。與袁枚同時的西清，則謂《紅樓夢》始出，家置一編，皆曰此曹雪芹書；而雪芹何許人，不盡知也。」西清是知道雪芹的，但又誤以爲是曹寅的曾孫。裕瑞謂「雪芹二字，想係其字與號耳，其名不得知」❺。而一般讀小說的人，只讀小說，從不問作者是誰。連對某一小說，下過一翻工夫，爲它作了序，寫了評語，也多半連自己的眞姓名不說出來，更怎會問及其眞正作者的姓名歷史。認眞追問一部小說的作者，是在「文學史」這門學問出現以後之事。所以胡適的〈紅樓夢考證〉提出作者曹雪芹及其家世等等，一時驚爲創獲。但經此後數十年來許多人士在資料搜集方面的努力，尤以吳恩裕的工作，做得綿密而平實❻。再加以《紅樓夢卷》兩册的刊行，即使不是研究《紅

❺ 以上皆見《紅樓夢卷》卷一。

❻ 吳恩裕著有《有關曹雪芹十種》。

樓夢》的人，只要把《紅樓夢卷》概略地翻閱一下，《紅樓夢》是曹雪芹所作，早已成爲定論，《紅樓夢》是誰所作，早不應構成一個研究的題目。潘先生當然有翻案的權利。但潘先生是《紅樓夢》研究小組的指導人，潘先生的高見，當然是出於研究的結論。說到研究，怎麼可以把擺在潘先生眼面前的有力而佔絕對優勢的資料，一字不提，這是對資料的抹煞呢？還是對資料的欺瞞呢？潘先生已經是六十多歲的人了，功成名就，今日不論抱任何研究態度，對潘先生的學術成績，大概也無所增損。但以這種不誠實的態度，指導一批天眞無邪的學生，跟在自己屁股後面走，未免太殘酷了。

並且潘先生舉出來爲自己作證的資料，就可以眞正爲潘先生作證嗎？夢覺主人，只是從一個「夢」字去欣賞《紅樓夢》；他站在這一立場，不要去考證甚麼人是《紅樓夢》的作者，他連他自己的眞名實姓，也沒有留下來。他的「說夢者誰，或言彼，或言此。既云夢者，宜乎虛無縹緲中出是書也。」這只能說他不能（甚至是不願）斷定作者是誰，並沒有否定作者是誰。他所以這樣寫，也許是故意在夢字上耍花頭，所以他接着說「宜乎虛無縹緲中出是書也」。這與潘先生斷然否定曹雪芹是《紅樓夢》的作者，有何關係？

潘先生所提戚蓼生及舒元煒的序沒有提到曹雪芹是作者；難說潘先生一生只研究《紅樓夢》，而沒有看過其他傳統的小說嗎？我在前面已經提到，小說前面的序，不提到作者姓名的，不可勝數。難說由此而可斷定序中沒有姓名的小說，都是出自石頭嗎？戚蓼生們不提曹雪芹是作者，因爲他們不是研究小說史，也有沒有想到今日有這一段研究小說史的風氣，所以只說出他自己對《紅樓夢》的文學觀點；難說由此可以推定他是否定了曹雪芹是《紅樓夢》的作者嗎？沒有提到曹雪芹是作者，潘先生便引來作曹雪芹不是作者的證據，爲甚麼《紅樓夢卷》上說曹雪芹是《紅樓夢》的作者的材料這樣的多，潘先生又一字不提呢。

刻《紅樓夢》的程偉元在序中說「作者相傳不一，究未知出自何人。惟書內記曹雪芹先生刪改過數次」；程雖係書賈，但態度倒還忠實謹愼。《金瓶梅》的作者是誰，到今日還不能斷定，則《紅樓夢》的作者在當時有許多傳說，乃傳統小說在流傳中的常態。程偉元若生於今日，能看到這樣多的資料，他大概不會說那種不確定的話吧！但他特別把曹雪芹刪改過數次的事特別標舉出來，假定把「相傳不一」的作者的有關說法都擺了出來，程偉元斷乎不會丟開書中的確證，而像潘先生那樣，斷然否定曹雪芹的作者地位吧！負實際整理責任的高鶚也沒有提到曹雪芹。但楊鍾羲《雪橋詩話》三集卷五「蘭墅名鶚，乾隆乙卯進士。世所傳曹雪芹小說，蘭墅實卒成之」。可見高鶚所卒成的是曹雪芹的作品，未嘗沒有人明白說出來。

潘先生提到與曹雪芹關係最深的敦敏敦誠兄弟，「沒有隻字提雪芹《紅樓夢》的事實」。

雖然有人指敦誠在乾隆二十七年秋天〈寄懷曹雪芹〉詩末句「不如著書黃葉村」，是著作《紅樓夢》，這是「太缺乏證據的幻想」。因爲潘先生認定曹雪芹曾做詩，只留下有遺詩。這一糾結，應分幾點來加以說明。

一、前面提到永忠〈因墨香得觀紅樓夢小說弔雪芹三絕〉的墨香，是敦敏敦誠兄弟的叔父⑦。不論永忠「因墨香」的「因」，是何種性質，但墨香必爲愛好《紅樓夢》之一人，則無可疑。敦敏敦誠的叔父愛好《紅樓夢》，知道《紅樓夢》是曹雪芹所作（假使不知道，永忠便無由知道），敦敏敦誠斷無不知之理。卽使如潘先生所說，雪芹不是作者而只是整理者，但以四十歲便死了的人，花了十年時間整理《紅樓夢》，也是雪芹一生中的大事。敦氏兄弟，也一字未正面提到，此必另有原因。

二、永忠的三首絕句上面，有永忠的堂叔弘旿在詩上批了這樣幾句話：「此三章詩極妙。第《紅樓夢》非傳世小說⑧，余聞之久矣，而終不欲一見，恐其中有礙語也。」《紅樓夢》所以經過多次的字句修改，並僅將前八十回鈔出流傳，直至雪芹死後二

---

⑦ 有關永忠的材料，係取自吳恩裕所著上書中之〈永忠的延芬室集底稿殘本〉。惟吳氏以永忠所見者爲八十回本，顯屬錯誤。

⑧ 我對此句話的解釋是「紅樓夢不是公開流傳於世的小說」，指其未正式刊行而言。

十九年始由程偉元刊行問世，正因爲其中有礙語。敦誠〈贈雪芹〉詩有句謂「步兵白眼向人斜」，可見雪芹是何性格，是以何種心情來寫《紅樓夢》，他兩人當知之最深。正因爲他兩人和雪芹的關係密切，知雪芹書中的「礙語」最清楚；所以只管非常佩服，嘆惜曹雪芹，卻不敢從正面提到《紅樓夢》。

三、敦誠寫〈懷曹雪芹〉詩中的「不如著書黃葉村」的「著書」，吳昌裕他們推定爲是指寫《紅樓夢》而言，潘先生則斥這是「太缺乏證據的幻想」。因爲潘先生只承認雪芹有遺詩。但潘先生卻沒有想到，自古以來，尤其是自漢以來，有把「作詩」稱爲「著書」的嗎？潘先生若不能證明曹雪芹另有甚麼著作，則只好推定「不如著書黃葉村」的「著書」指的是寫《紅樓夢》了。潘先生對自己有關《紅樓夢》的說法，不覺得是「太缺乏證據的幻想」，都把這句話加在有證據的作推論者之上，這完全是從潘先生的研究態度而來的。

至於潘先生還說到程偉元搜羅版本時，敦氏兄弟豈有不風聞之理？等到乾隆五十六年辛亥，程的序文出來，說《紅樓夢》「究未知出於何人」，敦氏兄弟「豈有不挺身出來爲他們的好友曹雪芹爭取《紅樓夢》的著作權」之理？潘先生大概以爲當時報紙雜誌盛行，而又正值《紅樓夢》在考證上發生許多爭論的時代，所以發此奇想。據程序，當他印行《紅樓夢》

時，「好事者每傳鈔一部，置廟市中；」敦氏既沒有版權，何能一一過問？且敦氏兄弟既因「礙語」的顧忌而不正面提及於雪芹的生前及他剛死之後，爲甚麼卻要於雪芹死後二十餘年之時再來多事。何況程偉元的序，如前所述，並沒有抹煞曹雪芹。第百二十回的收尾，又特別歸結到曹雪芹身上⑨。他們都是很誠實的人，用不到甚麼人出來爲曹雪芹打抱不平的。還有一點應順便告訴潘先生一下，從敦敏敦誠有關的詩文看，敦誠與曹雪芹的交情，較敦敏爲厚。程偉元刊行《紅樓夢》時，敦誠已經死掉約十個月了⑩。

三

以後，就潘先生所涉及的《紅樓夢》的實質問題稍稍清理一下。可惜潘先生的文章，沒

---

⑨《紅樓夢》後四十回，多主張爲高鶚所續。或係如程乙本引言中所說，本有若干殘稿，由高鶚所補修。我相信是補修的。第一百二十回的收尾，又特別把曹雪芹提出來，從文字看，這是高鶚補修的手筆。

⑩據吳恩裕〈考稗小記〉敦誠死於乾隆五十六年辛亥一月十六日丑時。高鶚的程甲本序是寫於是年冬至後五日。

有多大條理，並且無一句沒有問題，所以清理時很麻煩。

先從十六回殘鈔本（卽所謂甲戌本）獨有的五條凡例說起。從胡適開始便誤以此殘鈔本眞是甲戌年的鈔本，也卽是今日可以看到的最早鈔本，於是潘先生大文中所引的陳毓羆（一頁）陳仲竾（頁七）諸人，便都誤以爲有五條凡例，是《石頭記》原來的形式。其他各本，乃將此五條凡例加以刪併而成爲現時的形式（其中僅小有出入）。潘先生則更進一步以此凡例總評「爲《紅樓夢》隱名的原作者或其同志好友的手筆」（頁十六）。所謂「隱名的原作者」，卽潘先生在《紅樓夢新解》中所說的明末清初的反清復明的民族志士。並引有甲戌本的兩條評批作證。潘先生有時說「凡例五條」，有時又把第五條說成總評。因爲總是一回事，也沒有大關係。下面分幾點來清理這一問題。

一、首先要指出，中國只有由編纂、整理（包括選、評、注釋研究等）而成書的，前面才有凡例。自著之書，很少自立凡例的。孔子作《春秋》，至《公羊》而始有三科九旨。至杜預而始有釋例。寫小說的人，可能先有一個情節的大綱，但斷乎沒有先立下凡例來寫小說之理。

二、若是明末清初的那位隱名作者親作凡例，或者是出自他的同志好友之手，則此凡例應發明《紅樓夢》寫作的方針與要領；《紅樓夢》的全書，都由此凡例而可加以點醒。潘先生認爲「普通一般讀者看（指凡例）起來，委實是空空洞洞，不能解答讀者的問題，滿足讀者的願望」（頁九）。但像潘先生這種特殊讀者，又能看出這五條凡例，能解答甚麼問題，滿足甚麼願望呢？潘先生說「如果此條凡例能說明書中故事的地點，是大清朝的京師，自然可以解除一切讀者的迷惑。現在書中寫的是長安，凡例說的也是長安」（頁九）。大概潘先生認爲這就是隱名的作者所藏的奧密。但是第一，我不相信有讀者曾對用的長安一辭發生過甚麼疑惑。第二，我曾因旁的問題，翻過不少清代乾隆以前的詩文集，發現清初不少人稱當時的北京爲長安。潘先生不妨請小組的學生翻閱一次。第三，大清朝的京師是北京，明朝自成祖以後還不是北京嗎？第四，《紅樓夢》中分明說「把眞事隱去」，曹雪芹及其批者，爲甚麼要明說「大清朝的京師」。潘先生指點的奧旨，實難令人領略。

三、潘先生認爲「紅樓夢」是隱名作者所定的此書的原名。「風月寶鑑」是出自孔棠溪，「金陵十二釵」是出自曹雪芹；「石頭記」一名，在潘先生則認爲是脂硯齋在重評時所定的。若凡例是在曹雪芹以前的隱名作者或其同志友好所作，何以第一條凡例，全是解釋「紅樓夢」、「風月寶鑑」、「石頭記」、「金陵十二釵」等命名之所由來。凡例第五條又分明說「故將眞事隱去，而撰此《石頭記》一書也」。在明末清初的隱名作者或他的同志，何以能預知曹雪芹們新起的名稱。尤其是何以能預知脂硯齋所取的「石頭記」的名稱？

四、若批語中引用了凡例的話，只能證明批者與凡例有關係，並不能證明寫凡例者的時代。何況潘先生引的兩條批語，與書首的凡例，並無關係。所引夾批「可謂此書不敢干涉廟廊者，即此等處也」；潘先生謂即係援引凡例第四條的「此書不敢干涉朝廷」。批者並未指出凡例；我以為這是為第一回「空空道人……將這《石頭記》再檢閱一遍，……因毫不干涉時世」的話作印證。潘先生引的第二條批語是第五回眉批「按此書凡例，本無讚賦閒文……」。書首五條凡例中，是在甚麼地方有「本無讚賦閒文」的話呢？所以此書的「凡例」兩字，乃「一般情形」之意。扯不到書首的五條凡例中去。

五、庚辰本第十七、十八兩回尚未分開，一般的了解，曹雪芹是先寫成長篇，再「纂成目錄，分出章回」。因為《紅樓夢》與其他小說不同之一，在於其他小說的情節多是描寫比較大的人物活動，每一活動的起落分明。但《紅樓夢》則主要是描寫一羣兒女的日常活動，活動的本身，沒有甚麼顯明的起落，所以分章回，纂目錄，比較困難。潘先生對於第一回中「曹雪芹於悼紅軒中披閱十載，增刪五次，纂成目錄，分出章回，則題曰金陵十二釵」的這幾句話，別有會心，認為隱名的原作所作的《紅樓夢》，未分章回。章回是經過曹雪芹十年整理的工夫所整理出來的（頁七）。並即以庚辰本第十七、十八兩回尚未分開為證。由此我們可以了解潘先生所說的隱名氏的原著的面貌，是以所謂甲戌本開首的五條凡例發端，沒有

中也加了些手腳，這便影響到甲辰本，由甲辰本而影響到程甲本。但他寫的凡例及在第一回中所加的一大段文章，實在不高明，故爲甲辰本所刪，而大體上依然保持庚辰本的面貌。何以見得不太高明呢，即如前引的凡例第五條，各本皆作「故曰甄事隱云云」，「故曰賈雨村云云」，皆係概括指全書的內容及所用的語言而言。甲戌本卻變成故曰「甄事隱夢幻識通靈」，「故曰風塵懷閨秀」。這便成僅指第一回的內容而言。第一回只不過是一個楔子，如何說得通呢？並且「賈雨村云云」，乃承「何妨用俚語村言」一句而來，重在說明寫《紅樓夢》時係用的通俗文字。甲戌本變爲「故曰風塵懷閨秀」，便把說明使用語言的意義完全抹煞掉了。同時，已經胡適指明過，第一回「坐於石邊，高談快論」以下「四百二十四字，戚本作『席地而坐長談，見』七個字」[11]。而這多出的四百多字，實庸俗不堪，且與前後文矛盾。所以戚本及其他鈔本，都沒有採用。

做這次手腳的人，我推測以爲即是此本（第一回）獨有的「至吳玉峯題曰紅樓夢」的吳玉峯。吳玉峯是與曹雪芹有關係的某一族人的假名，等於「孔梅溪」是曹雪芹弟弟曹棠村的

---

[11] 戚本即有正本。按胡在甲戌本上兩處與戚本作比較，可以推想此時已極重視戚本，修正了他寫〈紅樓夢考證〉時的態度。

假名一樣。他之所以要寫這不成凡例的五條凡例，其目的有三，⑴因爲《紅樓夢》更加流行，且遭到物議，所以他把第一回中爲了避禍而寫的「毫不干涉時世」，特別凸顯了出來。⑵是爲了保存「紅樓夢」的名稱。此「紅樓夢」的名稱，大概是寫此凡例的人所取，而爲曹雪芹最先接受。並已經流傳出去，所以永忠明義們皆稱之爲「紅樓夢」。但後來因避禍而只流通八十回，紅樓之夢，尚未顯出，並經脂硯齋第二次重評時（我以爲不一定是甲戌年而可能更後），重行主張用「石頭記」一名，「紅樓夢」一名，爲之隱沒。所以他在凡例下面又寫出「紅樓夢旨義」；並說明「紅樓夢是總其全部之名也」。「總其全部」，是包括八十回以後的四十回或三十回的結局而言。結局卽是「夢」。此結局的部份雖未傳出，但取此名稱的人，不願見他代曹雪芹所取的這一名稱因之泯沒。所以只有此本的正文，才出現有「紅樓夢」這一名稱。其他各鈔本的正文都未曾出現。⑶是爲了保存凡例第五的結尾處的一首七律詩。這首詩當然是作凡例的人寫的。詩寫得並不好，但「字字看來都是血，十年辛苦不尋常」的兩句，的確把曹雪芹「披閱十載」的寫作的精神狀態寫出來了。這只有與曹雪芹有直接關係的人才看得出，寫得出。胡適很受這兩句詩的感動，可以說是應當的。潘先生認爲這都是在曹雪芹以前的隱名人士所寫，我不知道他對「十年辛苦不尋常」，與曹雪芹「披閱十載」的話，兩相對照，作何解釋。

四

前面把版本和凡例的問題弄清楚了，潘先生立論的基礎已全部推翻。但不妨再討論潘先生所提出的《紅樓夢》的作者的問題。

潘先生鈔了所謂甲戌本下面的一段話：

> 此石聽了，不覺打動凡心，他想要到人間去享一享這榮華富貴，但自恨粗蠢，不得已便口吐人言，向那僧道：大師！弟子蠢物不能見禮了。……如蒙發一點慈心，攜帶弟子得入紅塵，在那富貴場中，溫柔鄉裏，受享幾年，自當永佩洪恩，萬刼不忘也。二仙師聽畢齊憨笑道：善哉！善哉！……我如今大施佛法，助你助，待刼終之日，須還本質，以了此案，你道好否？石頭聽了，感謝不盡。……後來又過了幾世幾刼，因有個空空道人，訪道求仙，忽從這大荒山無稽崖青埂峯下經過，忽見一大石上字跡分明，編述歷歷。……空空道人遂向石頭說道：石兄！你這一段故事，據你自己說有些趣味，故編寫在此，意欲問世傳奇。據我看來，第一件，無朝代年紀可考，第二件，並無大賢大忠理朝廷治風俗的善政。其中只不過幾個異樣的女子，或情或痴，或小才微善，亦無班姑蔡女之德能，我總抄去，恐世人不愛呢？石頭笑答道：我師何太痴也。……空空道人聽如此說，思忖半晌，

將這石頭記再檢閱一遍，……因毫不干涉時世，方從頭至尾，抄錄回來，問世傳奇，因空見色，由色生情，傳情入色，自色悟空，遂易名爲情僧，改石頭記爲情僧錄。

潘先生由上一段話得出結論說「可見此書是由石頭所記，故名《石頭記》。而作者卽是石頭。全書中也屢屢點明石頭便是作者」（頁四），這裏姑且不講這段話中有一大段文字，爲各鈔本所無，而在道理上亦爲文字所不應有。但「石頭聽了感謝不盡」以下，是各鈔本所同有，我不知道潘先生到底是以這段話是「寓言」還是「實話」。若潘先生以爲是實話，則上面的一段話中，分明說「後來又不知過了幾世幾刦」石上所記的才被空空道人發現，「方從頭至尾，抄錄回來，傳奇問世……後因曹雪芹於悼紅軒中，披閱十載增刪五次，纂成目錄，分出章回。」這其中便有兩個問題：第一，從「不知過了幾世幾刦」的口氣看來，則石頭著書時，比被空空道人發現的時候，應當早幾年；可能石頭老兄是用甲骨文寫的。第二：照上面所說的《紅樓夢》出現的程序應當是這樣的：著者石頭——鈔者空空道人——整理者曹雪芹。石頭既然是眞，空空道人便也應不是假。潘先生大文中，只提到著者石頭，及整理者曹雪芹，卻對空空道人，全無交代，則是「餘承無緒，來歷不明」；只好讓疑古派斷定它是一部僞書了。

從潘先生文中開首的一段中說「接着巧妙地構造這一個神話故事」（頁一）的話看來，

潘先生大概也認爲是寓言吧。所以他大文的四條結論中說「陳毓羆認爲凡例總批是脂硯齋的手筆。我認爲是《紅樓夢》隱名的原作者或其同志好友的手筆」。潘先生前面說作者即是石頭，此處又說出「隱名的原作者」，推測潘先生的本意（因潘先生自己未說明）應當是以石頭的一段故事是隱名作者的寓言；而石頭即是隱名作者的化身。若是如此，潘先生也太不注重語意學了。莊周夢爲胡蝶，誰人曾說胡蝶著了一部《莊子》。隱名氏化爲石頭，又如何可說石頭著了《紅樓夢》呢？這還不重要，重要的是：寓言是任何人可以作的。潘先生認爲隱名氏的原作者可以作這段寓言，爲甚麼曹雪芹又不可以作這段寓言呢？所以就寓言的本身說，不能推斷誰是作者。潘先生論斷，等於是說「寓言的作者即是寓言」，「神話的作者即是神話」，這是甚麼論斷！潘先生說「全書中也屢屢點明石頭便是作者」（頁四），並由此而引了三條正文，四條批語（頁四至五）以爲證明，都只能算是廢話。

其實《紅樓夢》一書，並非以寓言開始。第一回從「此開卷第一回也。作者自云」。一直到「故曰賈語村云云」，這既不是凡例，更不是回前的總批，而是曹雪芹寫的一段自序。「作者自云」，等於《史記》的「太史公曰」。在自序之後，才接上「石頭」的一段神話。所以甲戌本在發端地方的格式是錯的。有正本以下，各鈔本的格式則不錯。由「故曰賈雨村云云」到「列位看看，你道此書從何而來」，庚辰本中間夾上「此回中凡用夢幻等字，是提醒閱者眼目，亦是此書立意本旨」二十五字，乃是把批語寫成了正文。後來諸本，都隨着錯了下來。僅有正本無此數句，正證明有正本是最近原著的本子。

潘先生因主張《紅樓夢》是隱名的石頭作的，自然主張曹雪芹是《紅樓夢》整理者而不是作者。主要的根據，卽在第一回中下面幾句話：

後因曹雪芹於悼紅軒中，披閱十載，增刪五次。纂成目錄，分出章回，則題曰金陵十二釵。

潘先生認爲這裏分明只說的是整理工作而沒有說他是作者。潘先生大概沒有想到⑴曹雪芹的整理工作是把《紅樓夢》從神話世界整理到人間世界。把想像出的神話世界，移到現實的人間世界，只能是創作而不會是整理。⑵曹雪芹既不從事校刊，也非加以注釋；對原有的著作，還要加十年的整理工夫，並且整理得「一把辛酸淚」，整理得「字字看來皆是血，十年辛苦不尋常」，針對着高鶚整理後四十回的情形看，這是說得通的嗎？⑶中國許多小說的作者，根本不說出自己的姓名。潘先生認爲《紅樓夢》的原作者是一位隱名的石頭；照當時的風氣，曹雪芹也不應冒着政治的風險與社會的譏評而把自己的姓名擺出來。但他以十年血淚寫出的作品，不忍把自己的姓名埋沒掉，所以便在小說由神話世界移向人間世界的接縫處，把自己寫作的經過，用上那幾句話擺了出來。他寫這幾句話的心境，和太史公在自序中寫「余所謂述故事，整齊其世傳，非所謂作也。而君比之於作《春秋》，謬矣」的心境，完全是一樣的。所不同者，太史公的「世傳」是自己的父親，而曹雪芹則是來自空空道人的神話。(4)潘先生引了好幾條批語以證明曹雪芹不是作者。但在前引曹雪芹幾句話的上面，甲戌本有如下的批語，潘先生都裝作沒有看見，這是潘先生一貫的態度。

若云雪芹披閱增刪，然後（應爲「則」）開卷至此這一篇楔子，又係誰撰？足見作者文章，狡猾之甚。後文如此處者不少。這正是作者用畫家烟雲模糊處。觀者萬不可被作者瞞弊（應作「蔽」）了去，方是巨眼。

最奇特的是，許多研究者認爲足以證明《紅樓夢》是曹雪芹的自傳或合傳的評語（因爲現時除潘先生外，《紅樓夢》是雪芹所作，無俟評語的證明），潘先生引來卻認爲足以證明曹雪芹不是《紅樓夢》的作者的證據（頁五至七）。

第一回：滿紙荒唐言。甲戌眉批：能解者方有辛酸之淚，哭成此書。壬午除夕，書未成，芹爲淚盡而逝。余嘗哭芹，淚亦待盡。每意覓青埂峯再問石兄，奈余不遇癩頭和尚何！悵悵！今而後惟願造化主再出一芹一脂，是書何本，余二人亦大快遂心於九泉矣！甲午八日余淚筆。

又第二十二回庚辰總批云：此回未成而芹逝矣，嘆嘆。丁亥夏，畸笏叟。

又第十三回：庚辰總批云：通回將可卿如何死故隱去，是大發慈悲也。嘆嘆。壬午春。

甲戌總批：秦可卿淫喪天香樓，作者用史筆也。老朽因有魂托鳳姐賈家後事二件，嫡是安富尊榮坐亨人能想得到處，其事雖未漏，其言其意則令人悲切感服，姑赦之。因命芹溪刪去。

甲戌眉批：此回只十頁，因刪去天香樓一節，少卻四五頁也。

前兩條批語，這樣清楚地表露了《紅樓夢》是曹雪芹所作，不知道潘先生用何方法可以作相反的解釋。而潘先生也沒有加上一個字的解釋。第三條評語，潘先生是這樣解釋的：

由這節批語，知道脂硯齋認為秦可卿托夢之詞，極有價值；以言重人，就建議把他淫蕩的事實加以隱諱，故刪去四五頁之後，第十三回便只剩十頁了。這是刪除原本明證。

潘先生認為此書之人，看到隱名人士所作的《紅樓夢》，寫到秦可卿淫喪天香樓，把秦可卿淫蕩的事實寫出來了，但因秦可卿托夢給王熙鳳，講了極有價值之話，所以便建議給曹雪芹，在整理隱名氏的原著時，把淫蕩的情節刪掉了。以此證明《紅樓夢》是經隱名氏人士先作好了的，曹雪芹只作整理工作。在秦可卿托夢的極有價值的一段話中，有如下的幾句：

……倘或樂極悲生，若應了那句樹倒猢猻散的俗語，豈不虛就了一世的詩書舊族了。

庚辰，甲戌兩本在上面有一眉批說：

樹倒猢猻之語，今猶在耳，屈指三十五年矣。哀哉傷哉。寧不痛殺。

我認為「樹倒猢猻之散之語」，是指雍正六年正月，曹家被抄家之事而言。庚辰回後總批有「通回將可卿如何死故隱去，是大發慈悲心也。嘆嘆，壬午春。」前後兩條批，應是同時批的。前一條也可推定是壬午春所批。壬午是乾隆二十七年（一七六二）。上推至雍正六年戊申（一七二八），正是三十五年，與此所批所說的「屈指三⑫十五年矣」正合。又上面兩條批，可推斷爲脂硯齋批。秦可卿托夢的收場語是「三春去後諸芳盡，各自須尋各自門」，庚辰、甲戌的眉批是「不必看完，見此二句，即欲墮淚。梅溪。」這是曹雪芹的弟弟曹棠村批的。更有一夾批「此句（各自須尋各自門」）令批書人哭死」；這當也是脂硯齋批的。將上述諸批，作綜合地判斷，可知曹雪芹，用作寫秦可卿故事的模特兒與背景，必係與批書人有密切的關係，才會出現上述的那些批語。這正足以證明《紅樓夢》必出於曹雪芹之手。如何能扯到曹雪芹以前的某隱名人士的身上去呢？潘先生還引了「缺中秋詩，俟雪芹」，「此句遺失」兩批來證明他的主張，更扯到曹雪芹爲甚麼不像袁枚發表《隨園女弟子詩選》等等，更不必多費筆墨去批評了。

潘先生在香港中文大學的中文系中，應當算是一位佼佼者。但居然以《紅樓夢》研究小組領導者的地位，寫出這樣的文章，難怪有人發出「喪亂流離之中，人懷苟且之志，在大學

---

⑫ 有人以「因命芹溪刪去」的「命」字，而推定爲畸笏叟；但畸笏叟此時似尚未著手批書。若脂硯齋的年齡較雪芹爲長，亦可用命字。

裏千萬不可輕言學術」的嘆息。

附記：懇切希望潘先生對於我所作的批評，明切賜教。但若以寫〈紅樓夢的發端〉的態度賜教，則恕不答覆。

誰「停留在猜謎的階段？」

——答〈由潘重規先生〈紅樓夢的發端〉略論學問的研究態度〉一文的作者

汪立穎

讀完《明報》月刊第七十二期王世祿君的大文以後，我們中文大學新亞書院《紅樓夢》研究小組的同學都深覺訝異，因爲作者既力言研究態度之重要，可是他批評香港中文大學新亞書院《紅樓夢》研究小組導師潘重規先生，卻偏偏不根據事實，同時也誣衊了《紅樓夢》研究小組，筆者作爲小組一分子，自然有責任來作一解答。

從作者的語氣看來，似乎是學術界的一位至高無上的大師，所以他說「潘先生的文章，無一句沒有問題」。而他攻擊潘先生治學的態度是「不誠實」，似乎他的大文必然不會「不誠實」。現在筆者尊重他喊出來的口號，加以檢討，提出疑問。

王君說：「這些年來，該小組尚停頓在猜謎的階段。」站在小組一員的立場，筆者要鄭重告訴王君，本小組歷年來講習研究、討論的實況，王君或許不曾看見，但是本組的《紅樓夢研究專刊》已經出版了八輯，並將編輯出版的過程，在前年、去年作了兩次公開展覽。王君斷不致閉目不見。我們小組在專刊第一輯的發刊詞已經表明了我們研究的態度和工作的方向，我們鄭重的說：

我們不贊成穿鑿附會的舊紅學，我們也不滿意於停留在不完備的考據和評論中的新紅學，我們要將《紅樓夢》研究建立在堅實深穩的基礎上。潘重規先生在〈紅學五十年〉一文中指出了今後工作的方向是：

一、全面影印已發現的版本資料；

二、綜合整理已流通的資料——

⑴各脂評本和程甲、程乙本的校勘。

⑵各脂評本評語的收集和全面校訂。

⑶書中人名物名等等的索引。

⑷各種參考資料的索引與提要的編寫。

⑸有關《紅樓夢》研究問題叢書的結集。

我們以爲這是進一步研究的起點，是合理的路向。

根據四、五年來我們小組的研究成果，我們由組員集體完成了〈紅樓夢俗話初探〉、〈紅樓夢詩輯校〉、〈紅樓夢詩話〉、〈紅樓夢詩校後記〉、〈紅樓夢聯語、詞、曲、雜文輯校〉、〈紅樓夢謎語輯校〉、〈略論紅樓夢的謎語〉、〈紅樓夢書目補遺〉、〈論紅樓夢人物〉、〈香港紅樓夢研究資料索引初稿〉、《新編紅樓夢脂硯齋評語輯校》、〈〈紅樓夢作者的鐵證〉一文的商榷〉。組員個人作品有陳慶浩的〈紅樓夢脂評之研究〉、〈胡適之紅學批判〉、〈曹雪芹手訂一百廿回紅樓夢的商榷〉；楊鍾基的〈有關紅樓夢諸問題與伊藤漱平先生一席談〉；蔣鳳的〈紅樓警幻曲之研究〉、〈紅樓夢第一回校勘記〉、葉玉樹的〈敦誠與曹雪芹之交誼〉。潘重規先生的〈紅學五十年〉、〈讀乾隆抄本百廿回紅樓夢稿〉、〈續談新刊乾隆抄本百廿回紅樓夢稿〉、〈高鶚補作紅樓夢後四十回的商榷〉、〈乾隆抄本百廿回紅樓夢稿題簽商榷〉、〈論乾隆抄本百廿回紅樓夢稿的楊又雲題字〉、〈續談乾隆抄本百廿回紅樓夢稿中的楊又雲題字〉、〈冷月葬花魂與西青散記〉、〈紅樓夢口語化的完成〉、〈紅樓夢的新觀點和新材料〉、〈紅樓夢的發端〉，還有本組正在進行的〈紅樓夢校勘記〉，和〈紅樓夢的人名、物名索引〉，總計已發表和將發表的有幾百萬字的作品，請問王君，這幾百萬字那一個字尚停頓在猜謎的階段？我們小組這些作品發表後，香港、臺灣、歐洲、美國、日本各處的紅學專家，如香港的宋淇先生、美國威斯康辛大學的周策縱教授、趙岡教授、印第安那大學的柳無忌教授、臺灣方豪教授、林語堂先生、日本伊藤漱平教授、法國李治華先生等人的著作論文，都徵引我們的專刊和小組的作品，請問王君，這許多紅學

—第四十六期—

美國通訊

對潘夏先生論紅樓夢的一封信

胡　適

適之先生原函係親筆所寫，為求字斟句酌，間有刪改，可見其治學態度之謹嚴精細。胡先生肯於百忙之中不吝來示，本刊甚為感謝。——編者

哲先生：

前承先生賜寄「反攻」卅七八期，特別要我注意潘夏先生的紅樓夢一文。我已詳讀過這文章，但不能贊同潘君的論點。潘君的論點還是「索隱」式的看法，他的「方法」，還是我在三十年前稱為「猜笨謎」的方法。明明是「吳胭脂」，潘君偏要解作「玉璽印上朱泥」；明明是「襲人」，偏要折字作「龍衣人」；明明是「寶釵」，偏要說是「釵於文為又金」！

這種方法全是穿鑿附會，專尋一些瑣碎枝節來湊合一個人心裏的成見。凡不合于這個成見的，都撇開不問！試問「襲人」可折作「龍衣人」了，還有那許許多多女孩兒的名子又怎麼解呢！又試看作者潘君引三國志孫堅傳注引的傳國璽一段之後，接著說：

「我們試一比較，『方圓四寸，上紐交五龍』（裴注引）不是『大如雀卵，爆若明霞，瑩澗如酥，五色花紋纏護』（紅樓夢語）的簡寫嗎？」

這一句話最可以表示「穿鑿附會」的方法的自欺欺人。請問世間可有「雀卵」大到「方圓四寸」的嗎，試問一個嬰兒初生時嘴裏能啣「方圓四寸」的東西嗎！

潘君此文完全不接受我在三十年前指出的「作者自敍」的歷史看法。魯迅曾指出「謂紅樓夢乃作者自敍，與本書開篇契合，其說之出實最先，而確定反最後。」確定此論點之法，全靠歷史考證方法，必須先考得雪芹一家自曹璽曹寅至曹顒曹頫，祖孫三代四個人共做了五十八年的江寧織造；必須考得康熙六次南巡，曹家當了「四次接駕的差」；必須考定曹家從極繁華富貴的地位敗到樹倒猢猻散的情況，——必須先作這種傳記的考證，然後可以確定這個「作者自敍」的平凡而合情理的說法。

我在做這種歷史的，傳記的考證之外，還指出紅樓夢的絕大的版本問題。潘君全不相信我們辛苦證明的紅樓夢版本之學，所以他可以隨便引用高鶚續作的第八十八回，九十八回，百廿回，同原本八十回毫不加區別。這又是成見蔽人了。

我自愧費了多年考證工夫，原來還是白費了心血，原來還沒有打倒這種牽強附會的猜笨謎的「紅學」！

潘君此文，只有他引用八十回本的第六十三回說芳官改男粧，改名字一長段，今本都刪了，這是向來無人注意的，可算是潘君一個貢獻。但他的解釋正是恰得其反。此一大段明明是一個旗人作者頌揚滿洲帝室的威德，而潘君反說這是「站在漢人立場，大罵異族」！成見蔽人如此，討論有何結果？

總而言之，我們用歷史考證方法來考證舊小說，若不能說服「索隱式的紅學」，我們只能自己感覺慚愧，決不敢希望多寫一封信可以使其人心服的。方法不同，訓練不同，討論是無益的。我在當年，就感覺蔡孑民先生的雅量終不肯完全拋棄他的索隱式的紅學。現在我也快滿六十歲了，更知道人們的成見是不容易消除的。

匆匆寫這幾行，略答先生的雅意，並祝先生康健平安！　胡適　四十年九月七日

文，拜讀之後，不勝欽佩。因他用意的正大，引證的淵博，想像的豐富，再加上一枝生花的妙筆，使我覺得它確是近數年來討論《紅樓夢》的文字中一篇值得注意的文章。潘先生在篇末說「以上管窺蠡測我不敢認爲必然有當作者之心」……他並沒有強迫別人相信他的印象，別人也不必一定將他的印象作爲自己的印象。這是印象主義文藝家的寬容，也是這種批評方法可貴的地方。我也想借用這種方法將我的印象寫出來。我不敢批評潘先生意見的是非，也不是想與潘先生有所較量，祇是寫我的印象。如果與潘先生的意見完全相左，那也僅只是不同而已，毫無我是你非的指摘意味。

後來潘先生出席西德第十屆漢學會議，潘先生提出論文，討論熱烈的情形，我們收集香港紅學研究資料時，從一九五七年九月廿四日到十月九日《星島日報》十五天連載中獲悉。使小組同學很爲興奮。《紅樓夢新解》在新加坡出版後，一九六三年，茅盾爲了紀念曹雪芹逝世二百周年，寫了一篇〈關於曹雪芹〉的文章，發表在《文藝報》第十二期上，特別提到潘先生著的《紅樓夢新解》，這些客觀事實，王君是「閉目不睹」呢？還是想以「這種不誠實的態度，指導一批天真無邪的學生，跟在自己屁股後面走」？自己捫捫尚在跳動的心，是否會覺得「未免太殘酷」呢？

王君滿紙這一類自欺欺人的讆說，我們不願多費筆墨，我們且看看王君文章提出最重要的論點吧。他認爲《紅樓夢》各鈔本時間先後的次序爲⑴有正本⑵己卯本⑶庚辰本⑷甲戌本。他要將甲戌本的時期押後，來推翻胡適之先生和潘先生的說法。由此可以動搖潘先生〈紅樓夢的發端〉的基礎。而王君以之爲破的根據是因在此鈔本十頁跨十一頁的地方，有甲午朱筆眉批及丁亥的朱筆夾批。他加以說明云：

> 甲午是乾隆三十九年（一七七四），此時雪芹已死去十二年，上距甲戌二十年。……丁亥是乾隆三十二年（一七六七），此時雪芹亦已死去五年，上距甲戌十三年。此十六回殘鈔本的批語中記有明確年份的大概只有這兩條；而從這兩條所證明的年份看，都遠在甲戌年之後，假使正文與朱墨批語的鈔寫，出於兩人之手，便可解釋爲這兩條批語是由後人加上去的。難就難在批語與正文的筆跡，不僅毫無疑問的是出於同一個人之手，並且正文的字鈔得比較草率的，批語的字鈔得也比較草率。尤其是自第六回以後，把許多批語，寫作正文的雙行批，有如雙行夾註的情形，這都可證明每一回的正文與批語是同時鈔寫的。因此，吳世昌趙岡們指出把十六回殘鈔本指爲甲戌本是一種錯誤，實際它是遠出於甲戌年之後，這是不可動搖的論證。胡適之所以稱它爲甲戌本，是出自於對下文的誤解，第一回：「……方從頭至尾，抄錄回來（下略）……仍用石頭記。」按上面一段話中的「至吳玉峯題曰紅樓夢」九字，及至「至脂硯齋甲戌抄閱再評仍用石頭記」十五字，爲有正本，庚辰本，乾隆抄本百廿回紅樓夢稿及程甲本乙本所無。己卯本恐亦無此兩句。這兩句是鈔此凡例的人特別加進去，以說明書名演變的經過，並不是說此抄本卽出於脂硯齋在甲戌年所鈔。

這一段文字，明顯地暴露出王君在研究工作中的觀念不清的毛病。現在逐點提出，向王君請教：

第一，將批語出現的時間來斷定正文底本出現的先後，這是將脂評與正文混爲一談的錯誤觀念。王君看見甲戌本有丁亥、甲午年的批語，說明甲戌本是甲戌年以後的抄本。不過，儘管是甲戌年以後的抄本，並不妨礙正文是甲戌年的底本。卽如王君相信最接近原著的有正本，是一九一二年上海有正書局重鈔石印本，他的正文和批語都是民國元年的人抄寫的，但是王君仍舊承認他的底本爲乾隆年間的抄本。那麼爲什麼乾隆甲午年的人所抄寫的，不容許他的正文是甲戌年的底本呢？而王君自以爲正文與批語的筆跡一樣，便是最堅強的證據了，豈不知現在所能見到的各種脂評本皆是過錄本，皆是從脂硯齋手中的底本再度過錄而成的❶。過錄時當然需人抄寫，那麼，正文與批語的筆跡，「同出於一個人之手」，又何足以爲「不可動搖的論證」？王君亦見到「自第六回後，把許多批語，寫作正文下的雙行批」，則這正可證明加批的時間和抄寫（整理）的時間是兩件事。從這條線下怎能推得其底本之非出於甲戌年？王君必須先將自己的思想濾清一下，底本正文之出現與批語的時間與鈔寫（整理）的時間，三者完全不能混爲一談，請王君去翻翻我們的《紅樓夢研究專刊》第六輯陳慶

❶ 見趙岡《紅樓夢新探》上篇，第二章頁九七、九八。

浩之〈紅樓夢脂評之研究〉第三章第一節基本觀念，從中或可有所認識及補益。

第二，吳世昌反對胡適之定名爲甲戌本，乃是就脂評立論，並未說正文不是甲戌年的底本。吳世昌說：「在鑒定了脂評以後，如果不能區別各期評語的寫作年份，也就不能看出某些評語和作者生活及小說內容有何關係。……不幸這兩個抄本一出現，立刻被有歷史癖的胡適博士加上了違反歷史的名稱。他那十六回殘本是一個過錄脂評本，並非脂硯手批本。在這過錄的底本中，明明有脂硯齋乾隆甲午（一七七四）八月的評語，而胡適博士卻硬把它叫作甲戌（一七五四）本❷。」可見他著眼在評語的年份。潘先生立論的基礎是在甲戌本正文的年份，並不與評語相干。至於趙岡先生認爲「至脂硯齋甲戌抄閱再評仍用石頭記」一句話是寫在書文之內，不若庚辰本上的「庚辰秋月定本」及己卯本上的「己卯冬月定本」是在標題下註明的，故不能斷定這稿本的成書年代❸。趙先生的見解，我們小組在暑假中曾有詳細討論，並不贊同。但吳、趙們決不如王君之生吞活剝，纏夾不淸。

第三，王君以「至吳玉峯題曰紅樓夢」及「至脂硯齋甲戌抄閱再評仍用石頭記」兩句，

---

❷ 吳世昌〈我怎樣寫紅樓夢探源〉，一九六〇年新加坡《南洋商報》元旦特刊。

❸ 趙岡《紅樓夢新探》上篇，頁一二三。

「是鈔此十六回殘鈔本凡例的人特別加進去」的，究據何而言？以有正本、庚辰本、百廿回抄本、及程甲、乙本所無，而遽斷之爲後人所加，這眞不知是什麼推理過程？卽使站在王君的立場，那麼，加此兩句話的抄書者，應當淸楚該書究竟是那一年的鈔本，然後才能對「說明書名演變的經過」有所幫助，他不說脂硯齋丁亥、甲午抄閱再評，而偏要說是甲戌抄閱再評，白紙黑字，有案可查，王君憑什麼要歪曲所謂抄書者的本意，使其自相矛盾？何況單單甲戌本有，而其他各版本或有或無的詞或句還多得很。例如：

第一回中有正等本「將已往所賴天恩祖德」句，甲戌本作「將已往所賴上賴天恩下賴祖德」。另一句，有正本爲「多用竹壁」，甲戌本則作「多用竹籬木壁者多」。諸如此類的差異，眞不勝枚舉。所應該重視的，還不在於甲戌本的文句多了某些詞，而在於該等文句本身欠通暢，故在經過整理後的後期本子，如有正、全抄等，該類句子皆被修正刪改了。如果說有正本爲最早的本子，則如上述的例子，原已頗淸順的「多用竹壁」，爲何反要改成不通的「多用竹籬木壁者多」呢？如果說這也是抄書者所做的「手腳」，則此抄書者也太膽大妄爲了。

甲戌本另一大段文字，卽在第一回「坐於石邊，高談快論」以下的四百二十四字，爲有正本所無，胡適已有眉批云：「此下四百二十四字，戚本作『席地而坐長談，見』七個字。」

王君以爲這又是做了手腳，不過做這次手腳的人輪到了吳玉峯。吳玉峯究爲何許人，至今未有充分的資料可資判斷，（王君卻說「吳玉峯是曹雪芹有關係的某一族人的假名，等於『孔梅溪』是曹雪芹弟弟曹棠村的假名一樣」。通過這種比喻已難獲正確結果，何況所譬者本身已不能成立。）不過，我們就那段四百餘字的文章而言，在後人看來，略有嚕嗦之嫌。而有正等本子因沒有這一段文字，故在行文上是簡潔明快得多，但在整個神話故事來說，則顯得略有脫節，沒有甲戌本那麼圓滿。如果說這一段爲後人所加，則似乎不必花那麼多筆墨，祇要將「那僧念咒書符，大展幻術，將一塊大石登時變成一塊鮮明瑩潔的美玉」之意補出卽可，何必如目前之累贅？綜觀有正本與甲戌本相異之處，一般來說，是有正本修飾了甲戌本中的欠妥善處。憑常理推測，總不可能從原有明暢的文句，反改成拖沓欠通的文句的。

還有一個事實，也足以證明有正本是較後的抄本。我們只須看庚辰本第十七、十八兩回未分開，第十九回無回目，第二十二回有缺文。庚辰本在第十七回的總評說：「此回宜分二回才妥。」這說明當時已有意將其分開，只是尚未分好而已，故回目亦仍用原有的「大觀園試才題對額，榮國府歸省慶元宵」。至有正本十七、十八回已分開；第十九回有了回目；第二十二回亦已補足。這都是有正本不可能爲較早的本子的明證。

在此順便提一句，王君大文中所說有關甲戌本之性質的一段文章，多出於趙岡的《紅樓夢新探》中脂評本石頭說一節，可惜王君不知爲何沒有註明，因此，其中的錯誤，讀者可能都算在王君帳上了。

關於《紅樓夢》作者方面，王君說：「……卽使不是研究《紅樓夢》的人，只要把《紅樓夢卷》概略地翻閱一下，《紅樓夢》是曹雪芹所作，早已成爲定論。《紅樓夢》是誰所作，早不應構成一個研究的題目。」王君說得很對，不是研究《紅樓夢》的人，也會知道曹雪芹是《紅樓夢》的作者，正如電視中的常識問答，若節目主持人問：「《紅樓夢》是誰的作品？」我想沒有一個中學生會答錯的，但王君大約已不是這個學齡了吧，竟不知學術的研究是沒有止境的，君不見，愛因斯坦的相對論還有人懷疑呢。

王君又說：「說到研究，怎麼可以把擺在潘先生眼面前的有力的佔絕對優勢的資料，一字不提，這是對資料的抹煞呢？還是對資料的欺瞞？」王君向潘先生發出了一連串的質問，最奇怪的是，潘先生收錄在《紅樓夢新解》裏的〈紅樓夢的作者和有關曹雪芹的新材料〉及〈脂評紅樓夢新探〉兩篇文章，凡王君所提到的資料，早已有所剖析，王君既知道「潘先生早出有一本《紅樓夢新解》」，爲什麼不翻開來看看？這種對別人已討論過的問題，已有的成績，「閉目不睹，一語不提」，是否便是王君研究學問的態度？這是對作者的抹煞呢？還是對讀者的欺瞞？

王君在他的大作裏，又喜歡扯上孔子作《春秋》，太史公作《史記》，以表示其飽學，如云：「他（指曹雪芹）寫這幾句話的心境，和太史公在自序中寫『余所謂述故事，整齊其世傳，非所謂作也，而君比之於作《春秋》，謬矣。』的心境，完全是一樣的。太史公的『世傳』是自己的父親，而曹雪芹則是來自空空道人的神話。」這一派不倫不類的比喻，眞要去請敎一下敎《史記》的徐復觀老師才能明白的了。

最後再舉一例，王君在其第十二註文中說：「有人以『因命芹溪刪去』的『命』字，而推定爲畸笏叟；但畸笏叟此時似尚未批書。若脂硯齋的年齡較雪芹爲長，亦可用命字。」這條註碼原在六十五頁第六行「屈指三十五年矣」之「三」字的下面，我實不得其解，難道是指「上推至雍正六年戊申（一七二八）」的時候，畸笏叟尚未批書嗎？還是手民之誤，這⑫應植在右旁的第五行「壬午是乾隆二十七年（一七六二）」之下，如是，則王君所說的「此時」應指壬午年了。那麼，「畸笏叟此時似尚未着手批書」一言，便是大錯而特錯了。查庚辰本的眉批，署名「畸笏」或「畸笏老人」，而同時又註明壬午季春的便有六條❹；註明壬

❹ 脂硯齋重評石頭記（庚辰本）第十二回，頁二六二，第十四回，頁三〇四，二條；第十六回，頁三四三及頁三五二；第十八回，頁三八一。

午夏或壬午孟夏雨窗的有五條❺；另有一條是註明壬午九月❻。這裏總共十二條眉批，也就是說畸笏叟在壬午年最少批了這十二條，其他沒署名的同年份的批，我不作任何推測。面對這一事實王君有何解釋？再退一步，就其「命芹溪刪去」而言，以「脂硯齋之年齡較雪芹爲長，亦可用命字」而證該批卽爲脂硯齋所批，並不可成立。何況，不論是畸笏叟命芹溪刪去，或脂硯齋命芹溪刪去，芹溪總是照着做了。這對潘先生的論點毫無動搖的作用。

諸如此類的毛病，實在多不勝擧，爲存忠厚起見，也不想再說了。

最後，我們要讓王君知道，潘先生和我們研究學問，大家都是跟着眞理走，師生間講習討論，都是盡量各擧所知，各抒所見，若我們覺得潘先生的說法有錯誤，完全可以提出批評，從未聽過學生不准批評老師的論調。這些事實，諒非王君所知，但小組組員陳慶浩同學在其〈紅樓夢脂評之研究〉一文的自序中曾說過：

我的《紅樓夢》研究工作，是在石禪師（潘先生重規，字石禪）指導下進行的。多年來，石禪師卽很關心我的研究，除提供很多珍貴資料外，對研究的方法和產生的問題，都很耐心細心地指點。有些問題，我也許和他有不同的看法，只要言之成理，他總是不作改易，不強求別人接受他的理論。

❺ 同上書第廿回，頁四四三；第廿五回，頁五六四及頁五七〇；第廿六回，頁六〇〇及頁六〇二。

❻ 同上書第廿一回頁四七〇。

這是我們小組的實際情況，這是王君早應睜大眼睛，細看分明的。現在，還可以告訴王君一個消息，我們小組由陳慶浩主編，經今年暑假由小組各組員再度校勘完成的《新編紅樓夢脂硯齋評語輯校》，全書六百頁，已由法國巴黎大學出版組和本小組聯合出版，定價每部港幣六十元。這便是小組研究的成績，得到國際學術界重視的明證。王君不妨買本看看，再研究研究紅學小組是否仍「停留在猜謎的階段」？

附記：懇切希望王君明切賜敎，不論以何種態度賜敎，定用眞名答覆。

敬答中文大學「紅樓夢研究小組」汪立穎女士

徐復觀

一

不論以甚麼典籍作對象，指導學生作研究工作，目的都在訓練學生治學的方法。而治學方法的獲得，必須以對知識的眞誠爲先決條件。目前臺灣許多研究機構，變成了幫會組織的性格，便是缺少了這裏所說的先決條件。

一九六七年上季，我在新亞書院新亞研究所當了五個月的客座教授，發現潘重規先生還是以他《紅樓夢新解》的觀點，指導他們成立的「紅樓夢研究小組」（以後簡稱「紅小組」）。因爲我曾當過黃季剛先生的學生，而潘先生則是黃先生的東床佳婿，總算彼此間有點關係，便有一天約在九龍太子道一家咖啡館內飲咖啡，勸他放棄這種沒有任何直接間接證據的觀點，順着不斷發現的資料，很平實地指導學生做點研究工作。把各種不同版本加以詳細校勘，也是我這次提議的，但潘先生對自己的觀點持之甚力。並且在他的作法與談話中，了解他所以成立紅小組，便在推銷他的觀點。我不是研究《紅樓夢》的，盡到一點規勸之義也就算了。

去年十二月，我在《新亞學術年刊》十三期上，看到潘先生〈紅樓夢的發端〉大文，以甲戌本「發端」的五條凡條，證明《紅樓夢》不是曹雪芹所作，而是明末清初的「石頭」所作，或者稱爲是一位「隱名人士」所作。這五條凡例，卽是出於這位「石頭」或稱爲「隱名人士」之手；最低限度，也是出於與這位石頭有密切關係者之手。我讀完潘先生大文後，最使我起反感的是潘先生治學態度的「過分不誠實」。一個人，在用自己的姓名，寫文章公之於讀者，尙且用過分不誠實的態度，誰能相信他在單傳密授地指導學生時，能用客觀而誠實的態度。我素來是同情學生的，所以便在《明報》月刊七二期上，發表了一篇〈由潘重規先生〈紅樓夢的發端〉略論學問的研究態度〉一文（以後略稱「原文」），希望對天眞無邪的學生，發生一點搶救的作用。此文所以用我的內弟王世祿的名字，是因我和潘先生很熟識，在中國的人情上，留點兒見面的餘地。

此文刊出後，紅小組的蔣鳳、汪立頴兩位女士找我，我順便回請她兩位在一家北方館子裏吃水餃。兩位實際已猜測到這篇文章是我寫的，以很憤慨的情緒向我提出質問；當時蔣女士最憤慨的是文章中「潘先生已經是六十多歲的人了」的一句話；汪女士憤慨的是什麼，當時還未能說出一個所以然來。但我已經預感到，這次紅小組又要出陣了。

這些年來，潘先生的宣傳、護法等工作，都是由紅小組出面。此次汪立穎女士也是以「小組的分子」而出馬；她在《明報》月刊七十四期上刊出了〈誰停留在猜謎的階段〉的大文。她在大文中強調了紅小組的聲勢，並且通篇以悍潑之筆，發揮了紅小組的威風。她要我「自己捫捫尚在跳動的心，是否會覺得未免太殘酷呢」？「王君滿紙這類自欺欺人的瞽說」。「明顯地暴露出王君在研究工作中的觀念不清的毛病」。「王君必須先將自己的思想濾清一下」。「這一派不倫不類的比喻」等等。當汪女士爲了準備寫有關中國哲學史方面的論文時，曾幾次找我商討；我眞沒有發現她有這樣大的威風。潘先生高騎在這種威風的上面，俯視徐某被他的紅小組的一員女將狠揍一頓，他的至高至上的聲勢，愈見烘托出來了。但是，這種法寶，對學術來說，是沒有效果的。學術的是非，是決定於證據與推理，並不決定於聲勢。尤其我一生是不害怕聲勢的人。因此，我對於汪女士的大文，還是要答覆一下，大概不致於像某先生在南洋大學的教室裏挨到鷄蛋吧！

二

汪女士的大文首先是說我「攻擊潘先生的態度是不誠實」；但我的文章卻犯了汪女士如前面所指摘的許多罪名；總之一句，我的文章便是不誠實。我誠實不誠實，後面提到汪女士的「檢討」時再說。首先我要請汪女士注意的一點是，我在原文中所提出的潘先生治學態度不誠實的許多論證，在這篇大文中，並不曾作明確的解答。卽是在汪女士這篇大文中，並沒有去作她應做的工作。

我所謂治學態度的不誠實，是有一個界定的。「……但如若（對材料）大量的斷章取義，大量的曲解文意，這便是態度的不誠實。假定更進一步，抹煞重要的與自己的預定意見有相反的材料；而只在並不足以支持自己的預定意見，卻用附會歪曲的方法，強爲自己的預定結論作證明，這便是欺瞞，便是不誠實」。我不知道汪女士同不同意這個界定？如同意，則我再請汪女士注意：在我原文第三節中，所提到的明義〈題紅樓夢〉絕句二十首的小序「曹子雪芹出所撰《紅樓夢》……」，這是曹雪芹還未死時所作的。永忠〈因墨香得觀紅樓夢小說弔雪芹三絕句〉，這是雪芹死後五年所作的。這都是論定《紅樓夢》作者的第一手資料。潘先生大文中，對於證明曹雪芹是《紅樓夢》的作者的許多資料，一字不提；卻附會歪曲幾條不足爲反證的資料，以爲他的「曹雪芹不是《紅樓夢》的作者」的證據，這在我原文的第二節中，說得明明白白。一篇文章，完全抹煞與自己觀點相反的證據，完全用歪曲傅會的方法來作自己觀點的證據。汪女士要否定這是態度的不證實，便要針對我原文的第二節各點加以辯護。汪女士對於我原文第二節指證潘先生態度不誠實的許多證據，不能在潘先生的大文中，提出一條反證，這就算輕鬆地交代過去了嗎？

潘先生最不誠實的地方，是對他所用到的資料，那怕是極明顯的文義，都作偷天換日的運用。否則他就是缺乏起碼的閱讀能力。他的所有論點，都是建立在這種「二者必居一於此」的基礎上面。爲了節省文字，我這裏只隨便舉點例子。

潘先生的大文，是以甲戌本，尤其是甲戌本的「發端」爲他的立足點的。他認爲發端的五條凡例，是早在曹雪芹脂硯以前的石頭或隱名人士，或與隱名人士很親密的人所寫。但甲戌第一回：

……空空道人聽如此說，思忖半晌，將這《石頭記》再檢閱一遍……因毫不干涉時世，方從頭至尾抄錄回來，問世傳奇。因空見色……自色悟空，遂易名爲情僧，「改」「石頭記」爲「情僧錄」。「至」吳玉峯題曰「紅樓夢」。東魯孔梅溪，則題曰「風月寶鑑」。後因曹雪芹於悼紅軒中，披閱十載，增删五次；纂成目錄，分出章回，則題曰「金陵十二釵」……「至」脂硯齋甲戌抄閱再評，「仍」用「石頭記」。出則既明……

這是對問題有決定性的一段原始資料。我懇切希望讀者注意我所作的「」記號，這是解這段文字脈絡的關鍵文字。在「將這石頭記再檢閱一遍」的「石頭記」三字旁，有朱批「本名」二字。可知「石頭記」是此書的本名；亦卽是最早的名稱，所以後面說「至脂硯齋甲戌抄閱再評，仍用石頭記」，此兩句上一句開首用一「至」字，下一句開首用一「仍」字；正說明此書的名稱，由本名爲「石頭記」；而經過了幾度變更，到（至）脂硯齋在甲戌年抄閱再評的時候，依然（仍）用「石頭記」的本名；這不是說明此書定名的經過是甚麼呢？但潘先生對這段材料，或者是裝作沒有看懂，或者是眞正不曾看懂，在他的大文中，發生了兩個大笑話。第一，他認爲「紅樓夢是本書最原始的書名」。這在上段文字中，從「至吳玉峯」一句的「至」字看，怎能跳出這種高見。「凡例」的第一條，「此書題名極多，『紅樓夢』是統其全部之名也」，這是說吳玉峯就「全部」（百二十回或百一十回」的結局而言，只不過是紅樓一夢，所以便爲此書取名「紅樓夢」。這只是說明「至吳玉峯題曰紅樓夢」的用意；在這句話中未含有時間的限定。甚麼地方有「最原始的書名」的意思。他又說「是脂硯齋甲戌抄閱再評時，採用石頭記爲書名」，於是他斷定「石頭記」是脂硯齋所取的書名，而把這一句中的「至」字「仍」字抹煞掉了。他更引陳仲竾〈談己卯本脂硯重評石頭記〉的一大段文字，以作爲他的「『紅樓夢』是本書最原始的書名」的證明；所以緊接陳文後便說「照這樣（按指所引陳文）說來，『紅樓夢』確是原書原名。」但陳文考證的結論是甚麼呢？「它（凡例第一條）證實了曹雪芹生前確曾一度用『紅樓夢』作爲全部書的總名」。潘先生便以爲「確曾一度用」這幾個字的意義，卽等於「最原始的」「原書原名」的意義；這到底是偸天換日呢？還是閱讀能力低下呢？

第二個大笑話是，潘先生再三強調「凡例五條文字，是脂硯雪芹以前的文字」；「根據甲戌本，我們看到第一回之前的凡例和總評（按指凡例第五條），乃是脂硯齋曹雪芹以前的評語」。這是他主張《紅樓夢》是明末淸初的隱名氏所作，而不是曹雪芹所作的「唯一」的文字上的證據。但凡例第一條：

是書題名極多。「紅樓夢」是總其全部之名也。又曰「風月寶鑑」，是戒妄動風月之情。又曰「石頭記」，是自譬石頭所記之事也。……然此書又名曰「金陵十二釵」……。

「據甲戌本」，「風月寶鑑」之名是出於東魯孔梅溪，許多人考定他是曹雪芹的弟弟曹棠村。「金陵十二釵」之名是出於曹雪芹；而「石頭記」，據潘先生的意見，是定於脂硯齋。潘先生認定凡例五條是脂硯齋曹雪芹以前的人所寫的；爲甚麼凡例第一條主要便是解釋由孔梅溪曹雪芹脂硯齋們所取的書名?稍有閱讀能力的人,看了我前面所抄的「甲戌本」的一段話,能得出「凡例五條文字,是脂硯曹雪芹以前的文字」,因而得到《紅樓夢》是明末清初的隱名人士所作的結論嗎?這裏所說的兩大笑話,是汪女士的恩師的「紅學」的結晶;他的「堅實深穩的基礎」,是在這種大笑話的考證上建立起來的。汪女士要爲自己的恩師打不平,先應爲他解答這種「中心論證」所引起的大笑話。

潘先生此文中所引用的文獻,只要經過他一解釋,便立刻都露出他這種二者必居一於此的馬腳。我是以對學術的責任心來說這樣的話。細心的讀者,可覆按潘先生的原文。

三

現在討論汪女士指摘我說話不根據事實,卽亦是不誠實的地方。

汪女士舉出的第一點是「王君說,這些年來,該小組尙停頓在猜謎的階段」。大概我的這句話,是汪女士動筆寫文章罵我的主要動機,所以她的大文便標爲「誰停留在猜謎的階段?」可是,汪女士!我的原文是「也有人批評這些年來,該小組停留在猜謎的階段」。難道你不知道王世祿還活在人世,當着活着的人面前去砍下他的一條膀子,或當面搶去他的錢包，而這活着的人便不哼一聲嗎？你爲甚麼把「也有人批評」這幾個字當着我的面偷掉？不偷掉這五個字，「該小組尚停留在猜謎的階段」，我是轉述他人的論斷。偷掉這五個字，汪女士便把我轉述他人的論斷，轉嫁爲我的論斷。汪女士大文的題目，便是由這種「偷龍轉鳳」的手法而來的。你恩師經常用這種方法，是面對着墳堆裏的死人或者是形格勢禁，不能合併在一起的人。而王世祿卻是活着的，可以到香港來的人。「其父殺人，其子必且行刦」，難道眞是如此嗎？

當然汪女士可以追問「你說也有人，是甚麼人？」我告訴你，我指的是四近樓主在《明報》月刊六十六期的一篇文章。因爲那次你們紅小組曾出陣去打了一仗，你們自己知道得很清楚，無待我註明。四近樓主的文章，是因爲你們在一次展覽會中以猜謎作號召而寫的，我對此，只作一客觀的敍述，並沒有表示贊否的態度。並且接着我代潘先生作解釋。對潘先生〈紅樓夢的發端〉的大文，認爲「這正是爲他的《紅樓夢新解》求證據」。「求證據」便不是「猜謎」。我的文章寫得清清楚楚。當然，汪女士的恩師，沒有閱讀能力，我不應當希望汪女士有閱讀的能力。但怎樣也不能在偷竊我的文字前提之下來展開向我罵戰的陣勢。汪女士覺得這是「王君」的不誠實呢？還是你自己因太不誠實以致流於偷竊對方文字呢？

至於汪女士接着擺出《紅樓夢研究專刊》已經出版了八種等等；雖然你的恩師運用「夾

要人」的方法，把紅小組和他自己的文章，用這種方法「夾」出來，但印行一些資料，總是好事。不過，我要告訴汪女士兩點，第一，你擺出的這一套來，和我所批評的你的恩師的大文，有甚麼關係？難道因此便能把由不誠實，或缺乏閱讀能力所寫出的一句話（當然是指與他的論點有關的）也要不得的文章，改變成爲一篇可以站得住脚的文章嗎？第二，紅小組只要是伸張汪女士恩師的「紅樓夢的作者不是曹雪芹」，而是「明末淸初的石頭所作」的高見，再過十年百年，也絕不能脫離猜謎的階段。絕無任何人能寫出可稱爲考據性的文章。潘先生的高見，是沿襲蔡元培先生的《石頭記索隱》而來。潘先生猜謎的本領，卻遠在蔡元培先生之下。因蔡先生懂得美術、文學。蔡的大著，經胡適先生批評後，無人能以考據的立場爲蔡先生辯解，我斷言縱有百十個紅小組，也永遠不能在考據的立場，推翻曹雪芹的著作權的一根毫毛。蔡先生的高處，他可以猜「朱者明也，漢也」這類的謎；但他的學術良知與常識，絕不允許他寫〈紅樓夢的發端〉的這類文章。

四

汪女士說我第二點不誠實的，是因爲說了「潘先生早出有一本《紅樓夢新解》，此書出後，潘先生挨了胡適一頓罵，且亦未被紅學界所注意」的話。對於我的話，汪女士說「但我們亦有權要求王君言行相顧，拿出證據來」。這要求是合理的。我手頭並沒有《反攻》雜誌，感謝汪女士，爲我把它影印出來了。

潘先生用潘夏的名字，在臧啓芳先生（哲先）辦的《反攻》半月刊上發表了〈民族血淚鑄成的紅樓夢〉一文，當時並沒有引起一般人的注意。但臧先生把刊物特別寄給胡適先生，要胡先生發表意見，於是《反攻》四十六期上發表了胡先生覆臧啓芳先生的一封信，這樣大家才轟傳着胡適大罵潘重規了。我看到這期的反攻，當時覺得胡先生罵得太過火，尤其是出之以不屑不潔的口氣。如「潘君的論點，還是索隱式的方法。他的方法，還是我在三十年前稱爲『猜笨謎』的方法。」「這種方法，全是穿鑿附會，專尋一些瑣碎枝節，來湊合一個人心裏的成見。凡不合這個成見的，都撇開不問。」「這一句話（按指潘先生對傳國璽與寶玉的關連的話）最可以表示穿鑿附會的方法的自欺欺人。」「成見蔽人如此，討論有何益處」等等。我只引他人說紅小組尚停頓在猜謎的階段，汪女士便用偸龍轉鳳的手法，向我大罵一通。而胡先生上面的毫不留情的斥責，汪女士卻影印出來以作爲她的恩師的光寵；這和被有勢者踢了一腳，引爲莫大地榮耀；被無勢者瞪了一眼，便從寨裏一喝而出，刀劍齊飛的黑道江湖情形有何分別。汪女士說，「我們都知道潘先生在一九五一年曾與胡先生展開筆戰，當時震動臺灣……」」;按所謂「戰」,是兩方對陣交兵之謂;阿Q在土地廟前拿着捆腰用的草繩子橫扭了一陣,這也算是「戰」嗎?紅小組的組員們在一九五一年,大概在蘇州,在香港,還沒有離開媽媽的懷抱。我住在臺灣,除了偶然笑談一兩句外,從來不知道「震動」了什麼;汪女士還在襁抱之中,遠在數千里之外,何以能「都知道這種震動」?潘先生大概不會無聊到這種程度,拿黃泥當黃金,自己貼向紅小組來擺濶吧!

我也可以爲潘先生打一個「圓場」。對文學藝術的欣賞,中間必定挾帶着讀者的想像力在裏面;也可說總會帶有一些猜謎的氣氛在裏面。但總要以若干可信賴,經得起考證的材料作根據;而不能胡猜亂猜。在二十年後,潘先生所拿出的〈紅樓夢的發端〉的大文,則是由二十年前的「穿鑿傅會」的「猜笨謎」,進步到偷天換日的考證。這是胡適之先生怎樣也想不到的。

我說潘先生的《新解》,「亦未被紅學界所注意」的話,汪女士引了下面的材料來反駁:

一是《反攻》雜誌編者說潘先生到臺灣大學作公開演講「聽者對潘先生的眞知灼見,莫不交口稱譽」。我只知道臺大的文史系,是胡適先生嫡系的勢力範圍,其中我有不少的朋友,他們會稱譽潘先生的新解是「眞知灼見」,奇談。

二是李辰冬寫給潘先生十分客氣的長函，汪女士引來作我的話的反證。按潘先生當時出有《民族文選》，以蔣總統的文章爲第一篇。此時大家初避難臺灣，驚魂未定，而潘先生有此卓識，所以一炮而紅得發紫。再加以潘先生的大文，又是扛着「民族」的大旗；李辰冬要說出自己不同的意見，而又不至於犯上大不韙，所以在信上客氣到那樣的程度。我沒有看到李先生的長信；但從「如果與潘先生的意見完全相左，那也僅只是不同而已」的話看來，他是接受潘先生的高見，還是反對潘先生的高見？

三是茅盾在〈關於曹雪芹〉的文章中，「特別提到潘先生著的《紅樓夢新解》」，這當然是光榮的；但請汪女士告訴我，茅盾是以怎樣的口吻提到的？

四是「潘先生出席西德漢學會議，潘先生提出論文，討論熱烈的情形……使小組同學很爲興奮。」這眞是難得。不過我在一九六七年來港時，有兩位出過此一會議的朋友告訴我，當時外國漢學家質問潘先生，而潘先生支支吾吾的情形，使每個出席的中國人都覺得臉紅。今年二月二十日早上，還有一位出席過會議朋友在電話中把這件事告訴我，認爲「簡直是丟中國的臉」。「內外異言」，倒令我無所適從了。

其實，汪女士擺出的四般武器，對問題來說，完全是無效的。我所說的「未被紅學界注意」，是指潘先生的「新解」，沒有被紅學界任何人引用他研究中的任何一部份，未被認爲是在全般研究中有某一部份的貢獻。我不贊成胡適先生的自傳說，但承認他在全般研究中有許多貢獻。我更不贊成周汝昌的結論；但他在搜羅資料等方面，有許多貢獻。我批評了趙岡先生的《紅樓夢新探》，但我承認他在全般研究中的貢獻。尤其是關於版本的考查，他作了許多細密而突破的工作。此外幾十位紅學家，總會找出一點來供人參考。汪女士能指出在某一紅學專著專文中，曾承認過你的恩師的「新解」，有一點點貢獻嗎？至於印點資料出來送人情，拉關係，我也是很感謝他的一個。

五

以上把汪女士說我是「自欺欺人的瞽說」，一一答覆了，假定汪女士肯平心靜氣的看下來，汪女士加在我頭上的帽子，大概要換上一個腦袋吧。

最沒有辦法的事是：汪女士以後的文章，是根據他們紅小組在導師潘先生指導之下，對趙岡先生的《紅樓夢新探》，集體檢討了半年以上所得的精英，來和我爭論我原文第二節中所談到的甲戌本的問題。但胡適先生已指出，不能和穿鑿傅會的人討論問題，而我偏偏和進步到偷天換日，偉大得有如「愛因斯坦」（汪女士恭維她的恩師的說法）様的人，討論問題；我萬分佩服胡先生的明智。

我不是研究《紅樓夢》的人，過去更沒有留心到它的版本問題。我在〈紅樓夢新探的突破點〉，及批評潘先生的原文中，稍微談到版本問題，主要是得自吳汝昌，尤其是得自趙岡先生《紅樓夢新探》，我在原文中交代得清清楚楚。不過我讀書比一般人稍為細密一點，所以又直接從可以看到的影印本中來印證吳趙兩先生的說法，而加以條理補充。汪女士說我的此段文章多出於《紅樓夢新探》而未加註明，難說我是抄了趙先生的原文而不加註明，竊為已有嗎？你的恩師大文談到甲戌本處，多出於胡適先生的〈考證紅樓夢的新材料〉等文，卻連胡適先生的名字也不曾提到。汪女士何必玩弄這種「在鷄蛋中找骨頭」的把戲。

汪女士把我原文中談甲戌本的一段節抄以後，接着說：「這文字一段，明顯地暴露出王君在研究工作中的觀念不清的毛病。現在逐點提出，向王君請教。」且看她請教些什麼？汪女士說：

第一，將批語出現的時間，來斷定正文底本出現的先後，這是將脂評與正文混為一談的觀念。

吳汝昌、趙岡和我，都不主張用「甲戌本」的名稱：因為「甲戌本」的名稱乃是因為有「甲戌抄閱再評」的這句話；即認為這本子上的評語，都是在甲戌年所再評的，所以胡適便稱為甲戌本。而評語中有許多甲戌以後的話，所以認胡先生的稱呼為不當。潘先生則肯定用「甲戌本」的名稱，正因爲有「甲戌……再評」，便以評（批）語出現的時間（甲戌），作爲此底本出現的時間。「甲戌本」一名之所以成立，正由「批語」的時間而來；汪女士不用這幾句話去請教自己的恩師，卻來質問我幹什麼？並且由批語的先後以推論版本的先後，這是考查《紅樓夢》版本先後的重要手段之一，稍微有點版本常識的人便不能不承認。難道貴恩師連這點常識都沒有嗎？汪女士說：

> 而王君自以爲正文與批語的筆跡一樣，便是最堅強的證據了，豈不知現在所能見到的各種脂評本皆是過錄本，皆是從脂硯齋手中的底本再度過錄而成的。過錄時當然需人抄寫，那麼，正文與批語的筆跡，「同出於一個人之手」，又何足以爲「不可動搖的論證」？

按「甲戌本」的正文與批語，不僅皆出於一人之手。並且我還指出正文寫得草率的，批語也寫得草率；可見每一回的正文與批語，都是由一個人同時抄錄的。汪女士提出甲戌本也是過錄本，提得非常之好。因爲胡適先生相信這是「直接抄本」；貴恩師繼承胡說，在他的大文中沒有提到這是過錄本，所以我也未提到。此一過錄本的正文與批語是，出於一人一時抄寫之筆，說明此一過錄本的所有的朱筆批語，皆爲他所根據的底本所固有；亦卽丁亥、壬午的兩條重要批語，皆爲其底本所固有；所以不能認爲上面的批語，皆出於甲戌。此底本既分明有甲戌年以後的批語，便證明此底本不是甲戌的底本，便不可漫稱之爲甲戌本。汪女士又說：

> 王君亦見到「自第六回後，把許多批語，寫作正文下的雙行批」，則這正可證明加批的時間和抄寫（整理）的時間是兩件事。從這條線下怎能推得其底本之非出於甲戌年？

假定現時所看到的過錄的甲戌本的底本，硬是出於脂硯齋在甲戌年所抄所評的。則脂硯所用以作批閱的底本，必出於曹雪芹。曹雪芹不可能在正文中預先留下空白，讓脂硯寫正文下的雙行批；脂硯本人，也不可能在抄正文時，預先留下雙行批的空白。也不可能在用墨筆抄正文時忽然改用朱筆寫幾處雙行批。這些批語並不是註解。因之脂硯甲戌年評閱過的底本，便不可能出現有雙行批。底本沒有雙行批，過錄本便不能於眉批夾批之外，自第六回起，出現雙行批。現在我們看到的所謂甲戌本，除眉批夾批之外，又出現有雙行批，這不能說是出於過錄者之手。若如此，他爲什麼不把許多屬於評正文一句兩句的批，一起整理爲雙行批呢？可知雙行批爲他所根據的底本所固有。底本的雙行批之出現，乃係由整理原有之眉批夾批而來。整理之時間，必在原有眉批夾批之後；所以由此可以推知此底本乃出在批書人脂硯齋批書之後，而不能認爲卽是脂硯甲戌年重批的本子。這種分析，是出自趙岡先生。紅小組對趙先生的著作，集體研究了半年多，爲什麼一點益處也得不到呢？

把上面兩個證據合在一起，互相補充，汪女士及貴恩師的思想，還不能「濾清一下」

（汪女士對我的要求）嗎？

汪女士的第二項，說「吳世昌反對胡適之定名為甲戌本，乃是就脂評立論，並未說正文不是甲戌本的底本」；汪女士引吳的一段話中吳分明說「在這過錄的底本中，明明有脂硯齋乾隆甲午（一七七四）八月的評語，而胡博士硬把它叫作甲戌（一七五四）本」。吳世昌所以反對「甲戌本」的名稱，因為本底中有甲戌以後的甲午的批語，因斷定它不是甲戌的底本，便不能以「甲戌本」命名。吳的意思表達得這樣清楚；而汪女士有本領說「吳世昌反對胡適之定名為甲戌本，乃是就脂評立論，並未說正文不是甲戌年的底本。」不連帶正文的「脂評」，也可以稱為「本」嗎？把他人的文義，作偷天換日的使用，汪女士眞是潘門一傑。

汪女士又質問了我憑什麼可以說「至脂硯齋甲戌抄閱再評，仍用石頭記」，是「說明書名演變的經過」；請汪女士多讀兩遍我前面所錄的有關原文好了，不必辭費。我認為「至吳玉峯題曰紅樓夢」及「至脂硯齋甲戌抄閱再評仍用石頭記」兩句，是「寫（原文誤作「抄」）此凡例的人特別加進去的」，汪女士問我是「什麼推理過程」？因為凡例與此兩句，皆為此本所獨有。而寫凡例的人的主要用心之一，我推測是為了在「石頭記」一名大行之後，要保存「紅樓夢」的名稱。所以凡例首先提「紅樓夢」一名的涵義。為了保存此一名稱，便須敍述此書名稱演變之經過，並說明當時何以只用「石頭記」的名稱的由來。這在我的原文中說得夠清楚。這種「經驗推理」，在汪女士的恩師面前可以過關嗎？

汪女士又以有正本「原已頗清順的『多用竹壁』，爲何（甲戌本）反要改成不通的『多用竹籬木壁者多』呢？」以此證明有正本在甲戌本之後。按未住過產竹的窮鄉僻壤的人，便會以「竹壁」爲奇怪；所以所謂甲戌本便將「竹壁」改爲「竹籬」；因「竹籬」一詞遠較「竹壁」一詞爲常見。甲戌本此句正因「多用竹壁」的「竹壁」一詞的生僻，故加以修飾，而未及將「多用竹壁」的「多」字塗掉，過錄者照樣抄了下來，便變成了「多用竹籬木壁者多」的奇怪句子。此句的奇怪，乃在多出第一字的「多」字。由此一語之多出的一個「多」字，及將「竹壁」改爲「竹籬」，正可以看出甲戌本修飾有正本的痕跡。若如汪女士之說，曹雪芹交給脂硯的原文，便是「多用竹籬木壁者多」的「不通的」句子，曹雪芹還寫什麼小說。胡適先生說潘先生對文字的解釋是「恰得其反」，胡先生眞看得透。更奇怪的是，俞平伯已舉了很多例子證明甲戌本的文字較庚辰本的文字爲妥切。趙岡先生《紅樓夢新探》由一二五頁到一三二頁，由回目的改進，及批語的整理，以證明甲戌本在庚辰本之後，其中有許多不可動搖的鐵證。然則汪女士對趙著參加了半年多的集體研究，除了恩師的秘傳心印外，一點也不認眞看懂他人的東西嗎？這也難怪，一認眞看懂他人的東西，恩師的法寶便會掉在地下完全失靈了。至於趙岡以有正本爲最早，其論證具見於他的大著一一一頁到一一四頁，汪女士何妨瞞着恩師認眞尋繹一下。以潘先生的治學態度與能力去批評趙岡有關版本的錯誤，可笑。汪女士又扯到所謂甲戌本第一回多出四百二十四字的問題，太超出於你們閱讀能力之外，請收回去。

領教了汪女士們的版本知識後，還要提醒汪女士一句，卽使甲戌本眞是出於脂硯甲戌年的底本，也和你的恩師所說的《紅樓夢》的作者不是曹雪芹而是明末清初的「石頭」的主張，還相去十萬八千里。

我說曹雪芹寫開始一段自敍性的文字時的心境，與太史公寫《史記》自序中「非所謂作也」一段文字的心境「完全是一樣的」。這對於說司馬遷作《史記》，等於辦報紙；自序等於發刊辭的人來說，對於沒有史學常識，沒有文學心靈的人來說，到眞是「一派不倫不類的比喩」了。

我原文附註的番號，排錯了一個地方，承汪女士指出，非常感謝。但因此而汪女士寫上三百字左右的教訓性的文章，我感到汪女士太辛苦了。至於汪女士說「爲存忠厚起見，也不想再說了。」我覺得以公開偷竊文字的手法來爲恩師罵戰，正可表現汪女士的愚忠愚孝，上可格天，決無有傷忠厚之虞的。

我突然記起《西遊記》上，有一段說孫猴子大戰二郎神，在沒有辦法時，搖身一變，變成一個小廟；但多出一條尾巴沒法安置，只好順尾巴生長的地方，變成旗桿，豎在廟的後面。二郎神一看，怎麼旗桿會豎在廟的後面，便動手去拔那旗桿，於是逼得猴子現出原身又拼戰一番。我看到此，倒眞覺得二郎神有點不存忠厚了。猴子的逼得把尾巴變成廟後的旗桿，就應當欣賞一番了事，何必再打。所以我以後除了警惕於前南洋大學中文系某主任之教訓外，向紅小組「免戰高懸」了。

吾師與眞理

蔣鳳

《詩經》〈小雅・鶴鳴〉篇云：「它山之石，可以爲錯」，又云：「它山之石，可以攻玉」，意思是用來比喻人與人之間的勸善規過，這話已成爲不可改易的格言；本來，每個人的知識有限，往往很容易犯上以偏概全，自以爲是的錯誤觀念，在充滿虛僞與逢迎的功利社會裏，有人肯當面指出我們的缺點，提醒我們的錯誤，就眞如空谷足音，發聾振聵；又如沙漠中遇到甘泉，使人心神澄澈，因爲在不斷的糾謬與辯論的過程中，眞理才能產生，所以，我們一定要虛懷若谷，從善如流。

在最近幾期的《明報》月刊中，徐復觀老師曾先後以王世祿及自己的名義發表了數篇有關《紅樓夢》的文章，其中兩篇曾涉及「香港中文大學新亞書院紅樓夢研究小組」（《明報》月刊第七十二期〈由潘重規先生〈紅樓夢的發端〉略論學問的研究態度〉及第七十六期〈敬答中文大學紅樓夢研究小組汪立頴女士〉），而小組的組員汪立頴同學也回寫了一篇

（《明報》月刊第七十四期〈誰「停留在猜謎的階段」？答「由潘重規先生紅樓夢的發端略論學問的研究態度」一文的作者〉），由於徐老師既在文章中提到我，而我也就覺得有向徐老師及讀者交代的必要，不過首先我得聲明，在這篇文章中，我將避免涉及有關徐老師及汪同學對《紅樓夢》資料及版本的討論，因爲我覺得不宜妄贊一辭，我只想就我所知，說明一些事情的實況及向徐老師請教一些我感到懷疑的問題。希臘名言謂：「吾愛吾師，吾更愛眞理」，徐老師是我生平極爲尊敬的長者，而我也希望在和徐老師的討論中，得到更大的裨益。

第一點我覺得有鄭重說明的必要的，就是我絕對否認徐老師所說的：

此文刊出後，紅小組的蔣鳳、汪立顥兩位女士找我，我順便回請她兩位在一家北方館子裏吃水餃……

上面說過，徐老師是我極尊敬的長者，而汪同學也是我最要好的同學，在過去一年多和徐老師的接觸中，我們在學問上、品德修養上遇到任何困難，都會向徐老師請教（徐老師在文章中也提過汪同學曾數次找他商討有關中國哲學史的問題），我們既是小組的組員，有文章批評小組，我們當然會向他請教，而且那次晚飯是遠在「王世祿」的文章（以下簡稱「王文」）發表前約好的，我們和徐老師一起吃飯的次數並不少，爲何徐老師一定要說「此文刊出後」我們去找他？我並不是說徐老師在撒謊，也許徐老師是眞是忘記了，因爲那天徐老師說他老人家發高熱病了，所以其實我們也都沒有「吃水餃」！

其次我想和徐老師討論的是他文中這幾句話：

兩位實際已猜測到這篇文章是我寫的，以很憤慨的情緒向我提出質問；當時蔣女士最憤慨的是文章中「潘先生已經是六十多歲的人了」的一句話……

記得徐老師那天告訴我們說他在「王文」發表前一個多月就已聽說有人要寫文章批評潘重規老師〈紅樓夢的發端〉一文，而且是「新亞書院裏」的人，試問這是否卽明顯地告訴我們王君並非徐老師？當我們再好奇地迫問徐老師可知王君是誰時，徐老師便用他慣常在課堂裏表示不同意別人意見時的表情——堅決地搖頭；試想在這種情形下，我們當然做夢也不會想像得到王君就是徐老師，我們還稚氣地問可不可能是某某或某某（現在回想，眞是慚愧，很多事情實在是不應胡亂主觀地猜測的），因爲徐老師一向給人的印象是豪爽灑脫，絕不會不用眞姓名發表學術性的文章，誠如趙岡先生在〈紅學討論的幾點我見〉一文中所說的：「雖然撰稿人永遠有使用筆名或化名的自由，但學術性的討論則無此必要。使用化名，反而顯得態度不夠光明磊落，對自己的學術見解不負責任」（《明報》月刊第七十四期），也許徐老師會覺得我們太愚蠢了，但希望徐老師能體諒我們，因爲我們畢竟入世未深，徐老師不是多次說到學生是「天眞無邪」的嗎？爲何不就坦率的告訴我們他自己的意見，「向小組的組員搶救」？為何又要在否認自己就是王君後，再加給我們「兩位實際已猜測到這篇文章是我寫的」這項大罪狀呢？眞使人大惑不解！

至於徐老師說我最憤慨的是文章中「潘先生已經是六十多歲的人了」這一句話，我並不否認如此，因為我們都有一個觀念就是為眞理而辯論時，並不一定要戰勝對方，而是在辯論的過程中，了解自己的缺點，相互補益。但批評者應有批評的誠意與風度，被批評者要有接納批評的雅量，而辯論的範圍，則應就辯論的主題發抒己見，使對方心悅誠服，而不能絲毫涉及個人的恩怨，流於意氣之爭，現在試看「王文」中所說的：

潘先生已經是六十多歲的人了，功成名就，今日不論抱任何態度，對潘先生的學術成績，大概也無所增損。但以這種不誠實的態度，指導一批天眞無邪的學生，跟在自己屁股後面走，未免太殘酷了。

身為小組組員的我們，當然比徐老師更了解潘老師的指導方法是否一定要我們依從他，這是有事實根據的，而汪同學也已清楚說明，在此不必再多費筆墨，對一些我們認為是侮辱（或者誤會）我們老師的話，又怎能不辯白？怎能不憤慨？對潘老師如此，對徐老師亦未嘗不然？而我們更感到奇怪的是「六十多歲功成名就的人」與做學問又有什麼關係？也就是由於此點我才會天眞的和徐老師說：「六十多歲與研究學問有什麼關係，王君未免太過份了，從文筆中看來，王君也應有五十多六十歲吧，但這又如何？」很多看過「王文」的師友都有相同的見解，直到今天，雖經苦苦思索，但我仍找不出這句話有何毛病，值得徐老師把它引用出來。

為了不想浪費篇幅，我想就徐老師對小組一些不正確的批評，提出我個人的意見，因爲加入了小組四年多的我，對小組總會有多點具體的認識，這點我想徐老師不會不同意吧！徐老師文中曾說：「這些年來，潘先生的宣傳、護法等工作，都是由紅小組出面……尤其我一生是不害怕聲勢的人，」小組在這數年來其實眞可說是慘澹經營，除了一股熱誠與傻勁外，便什麼也沒有，我們經費不足，組員研究的精力和時間缺乏，在學位考試制度的壓逼下，一科只有一個學分的課程，吸引力實在有限，試問更何來「聲勢」？至於徐老師說紅小組所編印的資料，只有用來「送人情、拉關係」，那就更使我疑惑，難道把收集得到的資料送給一些需要的人，就算得是「拉關係」？徐老師著作等身，很多人都接受過他的餽贈，難道也是「拉關係」？至於說「送人情」，那徐老師又給了小組什麼「人情」作禮尚往來，徐老師曾向小組要伊藤漱平先生的「程甲程乙本比較異同表」，這樣說來，徐老師可是欠了小組的「情」？徐老師又說到四近樓主批評小組的文章，「是因爲你們在一次展覽中以猜謎作號召而寫的」，那我可告訴徐老師，小組在一九六九年舉辦的第一次「紅樓夢研究展覽」中，只是曾有研討會討論有關「紅樓夢中的謎語」，而並非以猜謎的方式來研究《紅樓夢》作號召。

最後我要向徐老師請敎的疑問是徐老師曾表明自己與潘老師是同窗好友，但由於彼此對《紅樓夢》的觀點不同，故曾在咖啡館內勸潘老師放棄他原有的觀點，以盡一點「規勸之義」，又說「此文所以用我的內弟王世祿的名字，是因爲和潘先生很熟識，在中國的人情上，留點兒見面的餘地。」以我所知，潘老師〈紅樓夢的發端〉一文在還未刊登於《新亞學術年刊》第十三期數月前，就曾先請小組同學疊了一份油印初稿，呈徐老師指正，徐老師果眞對此文有歧見，如果及早加以當面規勸，後果不是更好嗎？若又是礙於「情面」的話，那現在結果又如何？只造成徐老師對我和汪同學的誤解加深罷了！

不記得那位長者向我說過如下的一段話：「年輕時不妨放恣一點，想說什麼時，只管說出，想寫什麼時，儘管去寫，因爲別人會因你的年輕而原諒你。到年老時，你就該謹愼了，謹愼地說，謹愼地寫，因爲你已不再年輕。」所以如果此文有什麼比較放恣的地方，冒犯了徐老師，也請徐老師看在我年輕份上，給我原有與敎訓，使我能發現自己的錯誤，責備自己，批評自己，用理智的矛槍，擊潰自己的愚昧無知，因爲這絕不是羞恥，而是最佳的自我交戰，把「昨日的我與今日的我交戰」。哲學大師蘇格拉底常以微笑來迎接別人的批評，我國聖賢夏禹也「聞善言則拜」，所以如果在大膽向徐老師的批評中仍有一點意見可取的話，也希望徐老師能平心靜氣地接納，不致對我「口誅筆伐」。

紅學討論的幾點我見

趙岡

最近幾個月似乎來了一股討論《紅樓夢》的小熱潮。我個人認爲這是可喜的現象，眞理是愈辯愈明。不過我也覺得在討論時有幾點應該注意之處。以下是幾點我見。

第一，千萬避免使用侮罵的詞句。這種情形已然發生，但是此風不可長。若聽任其發展下去，討論文章的學術性就會慢慢變質。希望參加討論的人能自約。對於這個問題，審稿的編輯先生也可以設法防止，碰到有過份的詞句，可以函請撰稿人改正。最近看到《明報》月刊第七十二期王世祿先生的文章。王先生的若干基本論點，我完全同意，但是我還是反對王先生的表達方式。提出學術詐欺這頂大帽子，實在太過份了。我相信每一個人研究問題多少都會有一點成見。而對於某些材料有疏忽或遺漏更屬難免。絕不可因此就判定別人是學術詐欺。

第二，雖然撰稿人永遠有使用筆名及化名的自由，但學術性的討論則無此必要。使用化名，反而顯得態度不夠光明磊落，對自己的學術見解不負責任。更何況研究紅學的人「圈子」又這麼小，想藏也藏不了。我雖然支持王世祿先生的論點，但是也希望王先生以眞姓名示人。

第三，雖然說眞理是愈辯愈明，但也有其限度。有對抗性，有正負答案的問題，可以從辯論中獲求答案。但有些問題是屬於程度性的，不但辯論不出結果，反而容易造成混淆。譬如說，《紅樓夢》前八十回是否曹雪芹所著。這個問題應該有明確的答案。但如果問《紅樓夢》一書的性質如何，就難說了。如果我們接受曹雪芹是著者此一前提，則此書性質如何，就變成程度問題。對此，現有兩個極端的說法。而在兩極端之中，又有許許多多不同的看法，彼此只有程度上的差異。第一個極端是周汝昌的看法。他認爲《紅樓夢》是純自傳。書中人物，地點，時間，甚至事件發生的年月日都與曹家的眞事處處吻合，毫未走樣。第二個極端是認爲此書是典型性描寫的純小說，雖然其中也包括雪芹的個人經驗。其他各家，皆處於兩極端之間，認爲此書是傳記性小說。至於其傳記性有多高，小說性有多高，完全是程度問題。這種問題可以提出，但不能強求答案。沒有人能證明它是六十五點四的傳記，加上三十四點五的小說假想。更重要的是別把這樣一個程度性的問題硬給簡化成一個有對抗性的二分法問題，然後把與自己不同看法之人，列入另一極端，而予以評判。這樣不但造成混淆，而且有失公允。譬如說，胡適就是認爲此書是「一部把眞事隱去」的「自敍傳性的小說」。胡適相當強調此書的「小說性」。他說這是一部「自然主義的小說」，又討論它的「文學背景」。他和顧頡剛等書信來往，常常談到書中如何把人物輩份變換顚倒等問題。我個人的立場，與純自傳說相去更遠。我相信雪芹是把這部書當小說來寫的。不過小說素材則絕大部份是取自曹家。我覺得雪芹是十分重視文學技巧與小說情節的處理，如何安排高潮，如何製造強烈對比。惟因他重視文學效果，才不把曹家的事生搬硬套。而是把這些素材澈底分解，然後靈活運用，以配合文學創作的需要。因此輩份及時間等問題在我的分析體系中，都不發生矛盾。在小說中發現整片的史實固然好，能發現被割裂或揉合的素材也有用。總之碰到這種程度性的問題，提出討論是可以。但最好不要定出硬性的是非判斷標準。甚至於，爲了求實效，不妨集中討論那些能有確定答案的問題。

第四，我建議大家不應只限於討論現有的資料。最好能夠設法發掘新材料。無論正面或反面的材料，都屬於建設性的貢獻。

論《紅樓夢》研究的基本態度

周策縱

三十年以前我就常想到，《紅樓夢》研究，最顯著地反映了我們思想界學術界的一般習慣和情況，如果大家不在基本態度和方法上改進一番，可能把問題愈纏愈複雜不清，以訛傳訛，以誤證誤，使人浪費無比的精力。而「紅學」已是一門極時髦的「顯學」，易於普遍流傳，家喻戶曉，假如我們能在研究的態度和方法上力求精密一點，也許對社會上一般思想和行動習慣，都可能發生遠大的影響。十多年前本來就想在《海外論壇》上提出這個問題來討論，因該刊停刊，也就沒有繼續執筆。現在趁中文大學新亞書院「紅樓夢研究展覽」紀念的機會，暫提出兩點意見來，雖然已顯得是老生常談，然而這問題的重要性，並未隨時代進展而遞減，尤其近來《明報》月刊上連續對《紅樓夢》問題的爭論，使我感覺，就過去一些學者研究的態度和作風，略加檢討，也仍然有它的用處。我首先要聲明，近半個世紀以來，對《紅樓夢》研究大有貢獻的「本自歷歷有人」，這裏絕對無意一筆抹殺，只希望大家來更進一步，共同改良罷了。

我認爲，《紅樓夢》研究目前最重要最基本的工作，應該是發掘有關的基本資料而使它普遍公開流行。新亞方面現在似乎已經注意到這點，這是一個好現象，我們還得作更大的努力。當然，我們也許不應該說，以前難免有人隱藏或壟斷珍貴資料。可是我們也不能不把歷史事實檢討一下，以求轉移風氣。就拿早期研究《紅樓夢》很有貢獻的胡適來說，民國十年他寫〈紅樓夢考證〉時，從楊鍾羲的《雪橋詩話》裏知道曹雪芹的朋友敦誠著有《四松堂集》等，他「從此便到處訪求」，這種精神本是值得稱讚的。但我們試着他自己敍述訪求到的經過罷：

不料上海北京兩處大索的結果，竟使我大失望。到了今年（民國十一年），我對於《四松堂集》，已是絕望了。有一天，一家書店的夥計跑來說：「《四松堂詩集》找着了！」我非常高興，但是打開書來一看，原來是一部《四松草堂詩集》，不是《四松堂集》又一天，陳肖莊先生告訴我說，他在一家書店裏看見一部《四松堂集》。我說，「恐怕又是四松草堂罷？」陳先生回去一看，果然又錯了。

今年四月十九日，我從大學回家，看見門房裏桌子上擺着一部退了色的藍布套的書，一張斑剝的舊書箋上題着「四松堂集」四個字！我自己幾乎不信我的眼力了，連忙拿來打開一看，原來眞是一部《四松堂集》的寫本！這部寫本確是天地間唯一的孤本。因爲這是當日付刻的底本，上有付刻的校改，刪削的記號。最重要的是這本子裏有許多不曾收入刻本的詩文。……隔了兩天，蔡孑民先生又送來一部《四松堂集》的刻本，是他託人向晚晴簃詩社裏借來的。……蔡先生對於此書的熱心，是我很感謝的。……

這裏胡適把前頭兩個送錯或記錯書的人，寫得引名道姓，何等具體，蔡元培給他借書的事，也老實記下。唯有對那送來「天地間唯一的孤本」的經過，就那麼簡略神秘地說是在門房裏桌子上「看見」的！門房桌子上自然不會存有這個稿本，應該是有人送來給他的。爲什麼送其他的書的人，書店夥計也好，陳肖莊也好，蔡孑民也好，胡適都記得清清楚楚，只這個人就沒影子了呢？關於這一點，我也不願過於責備胡適，假如我們自己處在這種情況下，也許不見得比他會做得更坦白。不過，從這件事，我們至少可以看出蔡元培的度量來。而且胡適既然得到了這個孤本，在他五月三日趕寫了那篇「跋」，把抄本有關曹雪芹的資料利用發表了之後，也就應該把原抄本交書店影印或排印流行才對。不料他一收藏就幾乎三十年。民國四六年時，吳恩裕先生便說，這個孤本「現在已經找不到了。」一直要到民國五二年重新輯印《四松堂詩鈔》時才註明說：「後來已找到，今存北京大學圖書館。」但至今仍未能出版流行。

這個稿本也許關係還小，至於胡適另外收藏到的那本「乾隆甲戌脂硯齋重評石頭記」，乃是民國十六年在上海買到，次年三月他自己便已發表一文，報告了這個版本的一些重要資料。但一直收藏了三十四年，經過許多人批評，纔在民國五十年影印了一千五百部，這已是在庚辰本影印流通的六年之後了。胡適自己在跋文裏也無法解釋拖延這麼久的原因。他明明知道這版本的價值和許多人對它的與趣，與一般不大受普通讀者注意的抄本古書不同，卻不能像一百多年以前的程偉元一般，了解「凡我同人或亦先睹爲快」而把它「公諸同好」。胡適在跋文裏說，他把「那位原藏書的朋友」的「姓名住址都丢了。」這又是一件奇事，卽使姓名住址丢了，爲什麼連是什麼樣的人都不肯一提呢？民國卅七年我在上海的時候，有個姓顧的朋友告訴我說，那人姓劉，可能是劉銓福的後裔。胡適又在跋文裏暗示說：當時別人如見到這個抄本，「未必就能識貨。」這又是難於使人心服的，劉銓福在抄本後面早已題跋說過：「此本是《石頭記》眞本，批者事皆目擊，故得其詳也。」又說：「原文與刊本有不同處，尙留眞面。」可見已不待後人纔能識貨了。

我把上面這些舊事重提，決不是要否認胡適對《紅樓夢》研究的貢獻，而是覺得我們現在應該趕快來矯正這種作風了。自民國四二年以來，紅學研究已經有了長足的進展，新出版的資料也已不少。但還有許多孤本或罕見的資料，一直還未影印流行。例如屬於脂批本系統的已卯本和甲辰夢覺主人序本，民國四二年俞平伯先生就在手邊用過，如果影印出來讓更多的人查考一下，也許會有更好的發現。最令人關心的還是周汝昌先生在民國五四年所報告的靖應鵾先生所藏的脂批本，據他說是南京的毛國瑤先生在他的朋友，世隸八旗，後來由北京遷居揚州的靖先生家裏見過這個十厚册的抄本，毛氏抄錄了一部分批語轉交給周汝昌先生研究，寫了那篇短文，但毛「還來不及研勘正文的價值，此書卽已迷失。」這豈不又是一個大謎麼？周汝昌先生又在他民國五三年出版的《曹雪芹》一書裏，一再提到「現存蒙古王府本」，也是一個有批的脂抄舊本，可是他就不曾詳細介紹。最近聽說蘇聯列寧格勒圖書館也藏有一個八十回的抄本。這些，我們都希望影印流行。此外如「有正書局」出版的戚蓼生序本，據說徐伯郊先生打算影印，希望能早點實現。還有伊藤漱平教授所藏的程甲本、倉石武四郎教授所藏的程乙本（我主張把程甲本改稱做「程高初排本」，簡稱「程初本」，程乙本改稱做「程高改排本」，簡稱「程改本」，改排不同的版本，可暫稱「程改獵藏本」、「程改倉藏本」之類。以後次序定出時，應改稱「程改子本」、「程改丑本」等），也盼望能影印出來。還有吳恩裕先生在《有關曹雪芹十種》裏提到的好些資料，也需要出版，現在影印已很方便，希望出版界和研究者多在這方面努力。

其次，我想提出研究者本身一個基本態度來討論。近數十年來，大家對曹雪芹的家世和一生，脂硯齋和畸笏叟等批書人是誰，《紅樓夢》前後部分是何人所作，以及小說的本事究應如何發展，和主題怎樣等等，提出了許多說法，引起的爭論也特別多。讀者往往容易得到一種印像，就是你如初讀一個說法，好像那也言之成理，持之有故；但如仔細推敲一番，或者讀到一些反對派的駁辯時，就覺得原來那說法站不住了。對於任何考證或學說，這種現象本來都難免，而《紅樓夢》研究卻特別多。這固然一方面由於愛看這小說的人太多，往往不等把所有的資料都掌握，並把前人研究的成果大多看過，只是讀了小說，靈感一來，提筆就寫，結果不是意見重出就是考慮不周。不過，對於那些沒有充分研究而寫作的人，這兒不想批評。現在我要提到的倒是幾個很好的紅學專家。一件事是多少已成陳跡的周汝昌先生的主張脂硯齋就是史湘雲說，他所列舉的理由也並不是不當，可是從反面看，凡觸及釵、黛，及寶玉的兩性關係時，史湘雲作爲他的妻子或愛人，會那麼批嗎？這些初不待靖本的發現，本來就難成立。這點，反對的人已很多，這裏用不着多說。周汝昌先生決不是沒有能力看到別人所舉的反對理由，我想還是多半由於自己不肯反對自己，所以弄成了片面之見。另外不妨舉出目前對紅學研究比較全面而相當近理的趙岡先生和他的夫人陳鍾毅女士最近經歷的一件事來說，他們一兩年前就和我談起，各脂抄本的筆跡好像曹頫奏摺的筆跡很相似。我當時也覺得有許多字的確相似，不過我同時指出，其中也有不少的字並不相似，我以爲如要得出結論，至少須把那些顯然相似和顯然不同的筆跡，都列舉出來，比照統計一番，纔能判斷。而且曹頫那些奏摺，是否確實是照早期的諭旨，親筆書寫，還難肯定。而最大的問題，字體寫法，往往許多人摹寫同一碑帖，我以爲也很可能是寫曹頫奏摺的人和脂本的抄手都學習過同一字體。當然，出於同一人之手也不無可能。趙先生對這些看法也並不反對，但後來在《明報》月刊發表他們的主張時，大約爲了節省篇幅，卻沒有把不相似的字列舉，也沒有提到各抄手可能同習一種字帖的問題。結果引起徐復觀先生在同刊舉出一些不相似的字形來反駁，並且說那些相似的字形，也許是當時「流行的寫法」。假如趙先生在原作裏就把反面的證據盡可能都事先提出來討論過，也許徐先生的反駁就不必要了。而且我現在還認爲，同習一類字體的顧慮，比流行俗體字的可能性更具體。記得小時候，我兄弟們都學我父親的字，我們鄉下許多族裏的子弟也都學他的字，結果遠遠近近就有許多人寫得相類似。在過去傳統社會裏，這種現象並不太稀罕。因此，如要確定是一人的筆跡，的確需要仔細比較才行。我發現明義《綠煙瑣窗集》抄本中有一位抄手的筆跡也有許多字和脂本及曹頫奏摺相似，例如「收」字的左面作兩點，右面寫成又字；又如「今」字下作一長點；「爾」字橫下作三點，「帶」字上面作世字，「玉」字一點寫在第二橫之旁；「纔」字和「綠」字右面的寫法等等，結構和風格都相似。可是也有好些不相同的寫法。例如「往」字的右邊並不寫成「生」，事實上庚辰本也多作「主」。所以情況相當複雜。我想同一人抄寫固有可能，即使不是，也可假定

這正可表示梁啓超的「弱點」和長處。他能做到不肯「自護己短」，能做到「知迷途之未遠，覺今是而昨非」，已非常難得。在另一方面，不肯「護前」，還只算「事後有先見之明」，或西洋人所謂 hinder sight，仍不免只靠時間來補救。作爲思考、研究、和寫作的態度和習慣，我嘗以爲我們更要設法做到：

> 不惜以當下之我，難當下之我。

這裏特別提出「當下」二字來，就是希望在我作一主張的當時，不但卽刻說出正面支持的理由，還該說出可能有的反面理由，要立刻以我攻我。不但在腦子裏馬上如此想過，還要把反對面的理由同時寫下來。近代學者治經學和考證學的人，往往拿打官司治獄的方法來比擬治學，已接近於這種態度。章炳麟在《說林》裏有一段話，最值得我們注意：

> 昔吳萊有言：「今之學者，非特可以經義治獄，乃亦可以獄法治經。」萊一金華之末師耳，心知其意，發言卓特。近世經師，皆取是法：審名實，一也；重佐證，二也；戒妄牽，三也；守凡例，四也；斷情感，五也；汰華辭，六也。六者不具而能成經師者，天下無有。（民國八年刻本《太炎文錄》一，《說林》下）

這段話正好可作我們研究《紅樓夢》的人最重要的格言，也是一般治學、思考、行事最好的規條。吳萊字立夫，浦江人，地於明淸屬浙江金華府。元朝延祐（一三一四——一三二〇）

中，以《春秋》舉上禮部，不利。退居深山，著書自適。他所說的「以經義治獄」，當然難免宋人所謂「以理殺人」的毛病，但他說的「以獄法治經」，卻眞如章太炎所說，「發言卓特」。民國四十一年胡適講「治學方法」時，曾提到中國過去「所用的考證、考據，這些名詞，都是法律上的名詞。中國的考據學的方法，都是過去讀書做了小官，在判決官司的時候得來的」。因此，他建議做考據的人，「我們要養成方法的自覺，最好是如臨師保，如臨父母，假設對方有律師在打擊我，否認我所提出的一切證據。」他這意見自然說得更明確些了，尤其「假設對方有律師在打擊我」，已受了近代西洋法學上證據法原理的影響。

不過，我在這裏也要指出，素來重視歷史演化的胡適，這兒卻沒有指出，在他之前，吳萊和章炳麟早已有了類似的主張。而且他追溯這種治學方法，說是起源於唐宋時代。其實這種治獄方式的自我批判態度，恐怕很古就開始了。《國語・魯語》說：「正考父校商之名頌十二篇於周大師。」已用到「校」字，《說文》：「校，木囚也」是一種桎梏，劉師培以爲「木囚」應作「木母」（縱案：當卽毋字），是横木，校有敲擊、覆核究窮之義。仍是治獄的用語。後來孔子更提出過一種以治獄方式修身的辨法。《論語・公冶長》篇說：「子曰：吾未見能見其過而內自訟者也。」這個「訟」字，意義本來明顯不過，可是自包咸把它解做「責」，朱熹把它解做「咎」，反而原義不明了。只有近人徐英在《論語會箋》裏說：「訟，相爭辯於有司而責人之過也。」還算未失原意，但他似乎還未注意到孔子這個觀念的重要性。中國傳統制度裏，自鄧析被殺，辯護律師的制度一直不曾發達，但打官司時，兩造本人對簿公庭，還是可以互相反駁的。孔子本人素以善於「聽訟」著稱，所以他能把打官司的原則推廣應用到修身方面來，提出「自訟」一法。他說的修身也可能包括治學，〈公治長〉篇這段的下文便講到治學，同篇還提倡「再思」，也可以對看。還有早期的考證工作如「校讎」，應該也是從打官司的方法中學來的。劉向校《荀子》書序錄說：「所校讎中孫卿書」云云，便用這一名詞。《文選》六左思〈魏都賦〉：「讎校篆籀，篇章畢覿。」李善注引：「《風俗通》曰：案劉向《別錄》：讎校，一人讀書，校其上下，得謬誤，爲校；一人持本，一人讀書，若怨家相對，爲讎。」（胡刻本脫「爲讎」二字。六臣注無此條。又見《太平御覽》六一八引《別錄》校原有拷訊較核的意思，讎則是敵對兩造的互相辯難，也就是劉向所說的「怨家相對」。《左傳》桓公二年：「嘉耦曰妃，怨耦曰仇。」《說文》逑下引《虞書》曰：「怨匹曰逑。」讎、鳩、仇、逑古通用，原義當指二鳥爭噪，後來用作怨訴對辯。《周禮・地官》：「調人：掌司萬民之難而諧和之。……凡和難，父之讎，辟諸海外。……凡殺人有反殺者，使邦國交讎之。凡殺人而義者，不同國，令勿讎，讎之則死。」這裏的「難」是指打官司的辯難，也就是上文所引梁啓超說的「難昔日之我」和我所說的「難當

國立中央圖書館出版品預行編目資料

紅學六十年／潘重規著.--初版.--
臺北市：三民，民80
面；　公分.--（三民叢刊）
ISBN 957-14-0067-X（平裝）

1.紅樓夢-批評，解釋等
857,49　　79001555

© 紅學六十年

著　者　潘重規
發行人　劉振强
出版者　三民書局股份有限公司
印刷所　三民書局股份有限公司
地址／臺北市重慶南路一段六十一號
郵撥／〇〇〇九九九八——五號
初　版　中華民國八十年一月
編　號　S 82055
基本定價　叁元伍角陸分
行政院新聞局登記證局版臺業字第〇二〇〇號

ISBN 957-14-0067-X（平裝）